KB124887

격리된 아이, 그 후

격리된 아이, 그 후

윤 혜 숙

정 명 섭

정 연 철

우리학교

차례

시험 살인마

정명섭 1973년 서울에서 태어났다. 대기업 샐러리맨과 커
피를 만드는 바리스타를 거쳐 전업 작가로 활동 중
이다. 역사에 관심이 많으며, 남들이 잘 모르는 역사를 이야기하
는 것을 좋아한다.
『미스 손탁』『유품정리사』『저수지의 아이들』『남산골 두 기자』
등 여러 책을 썼으며, 『격리된 아이』『로봇 중독』『대한 독립 만
세』『일상 감시 구역』등을 함께 썼다.

다음 뉴스입니다. 몇 달 전, 영통의 신도시 프레지오 시티에서 발생한 고등학생 신도환 군의 실종 사건은 현재까지 아무런 단서가 밝혀지지 않은 상태입니다. 지난달 미국에서 귀국한 신도환 군의 어머니는 영통경찰서 앞에서 기자 회견을 열어 경찰의 조사가 미흡하다고 주장했습니다. 특히 집 밖으로 나와 실종되기 직전 엘리베이터를 같이 탄 남자를 조사해야 한다고 목소리를 높였습니다. 신도환 군은 미국에서 혼자 귀국해 자가 격리를 끝낸 후에 친구를 만나러 나갔다가 실종된 상태입니다. 실종 당시 거주하던 아파트 단지에서는 살인마가 돌아다닌다는 풍문이 돌았다고 합니다. 신도환 군의 어머니는 아들이 살인마에게 당했다고 주장하지만, 경찰은 CCTV나 그 밖

의 자료에서 범행의 흔적은 발견하지 못했다고 밝혔습니다. 실
종 기간이 길어지면서…….

"여보, 딴 뉴스 좀 보자. 이거 원 뒤숭숭해서 살 수 있겠
어?"

엄마가 날 선 목소리로 말했다.

아빠 옆에서 조용히 사과를 먹고 있던 상진은 분위기가
어색해지자 얼른 사과를 입에 넣고 방으로 들어갔다. 컴퓨
터 앞에 앉은 상진은 메신저로 친구와 얘기를 나눴다.

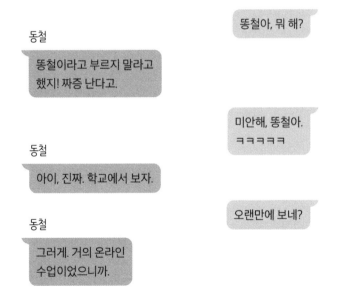

동철

> 드디어 만나네.
> 두근두근이다.

> 짜식, 무슨 연예인 만나나?

코로나 상황이 나아진 뒤로 등교 수업을 한 적이 있었지만, 상황이 나빠졌다 나아졌다를 반복했기 때문에 온라인 수업과 등교 수업도 왔다 갔다 했다. 그러니 반 친구들을 보긴 봤어도 가까운 사이라고 말하기는 힘들었다. 동철과는 같은 동네에 살고 초등학교도 같이 다녔기 때문에, 중학교에 입학하고 1년 넘게 제대로 못 봤다고 해서 어색하지는 않았다.

둘은 비슷하면서도 달랐다. 내성적이면서 수줍음이 많은 상진과 달리 동철은 처음 만난 사람과도 금방 친해졌다. 상진이 길고 갸름한 얼굴에 축 처진 눈을 하고 있는 반면, 동철은 얼굴과 덩치가 모두 컸고 특히 볼살이 많아서 장난꾸러기처럼 보였다. 동철은 '똥철이'라고 아무리 놀려도 화내지 않고 웃어넘겼다. 둘은 여러모로 달랐지만, 그래서 오히려 친구로 잘 지낼 수 있었다. 예전에 둘의 부모님이 작은 골목을 사이에 두고 마주 보며 장사를 해서 자연스레 서로 오가다가 가까워졌는데, 동철의 부모님이 가게 자리를 옮긴 지금까지도 친분이 이어지고 있었다.

상진은 등교 수업을 시작하며 긴장했던 때를 떠올렸다. 입학식 때 처음 만난 반 친구들을 오랜만에 다시 본다고 생각하니, 어떤 표정을 짓고 무슨 이야기를 나눠야 할지 도통 알 수 없었다. 초등학교 때를 생각해 보면 새 학기가 시작되고 한 교실에서 몇 달은 지내야 친한 친구가 생겼기 때문이다. 하지만 상진은 그보다 더 큰 걱정이 있었다. 바로 곧 다가올 중간고사였다.

이런저런 생각에 잠겨 있는데 동철에게서 다시 메시지가 왔다.

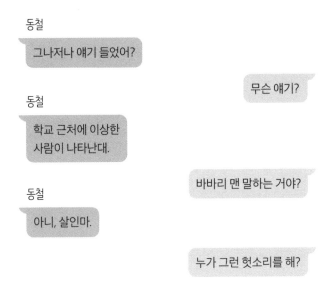

동철
그나저나 얘기 들었어?

무슨 얘기?

동철
학교 근처에 이상한 사람이 나타난대.

바바리 맨 말하는 거야?

동철
아니, 살인마.

누가 그런 헛소리를 해?

동철

어른들 사이에 얘기가
쫙 돌았다는데, 몰랐냐?

요즘 우리 부모님은
일하느라 바빠.

동철

ㅋㅋㅋ 가게는 장사
잘되냐?

그럭저럭.

'그럭저럭'이라는 표현을 썼지만, 사실 가게가 잘되는 것
같지는 않았다. 그래서인지 상진의 부모님은 사이가 엄청나
게 나빠졌다. 코로나가 심해지기 직전에 상진의 아빠는 원
래 하던 족발집을 접고 찜닭집을 하자고 의견을 냈다. 상진
의 엄마가 싫다고 버텼지만 결국 아빠의 고집대로 찜닭집
을 열었는데, 코로나 상황이 나빠지면서 매출이 처참한 수
준으로 떨어지고 말았다. 엄마는 배달하기 쉬운 족발집을
계속해야 했다고 아쉬워했고, 아빠는 그런 엄마에게 짜증을
냈다. 그러거나 말거나 상진은 부모님이 장사에 매달리는
틈에 실컷 놀 수 있었다.

상진은 조금 전 TV에서 본 뉴스가 떠올라 마음 한구석이
찜찜했다. 동철이 바로 그 얘기를 꺼냈다.

동철

그 이상한 사람 말이야,
시험 살인마래.

시험 살인마?

동철

응. 학교 주변을 어슬렁대다가
학생들을 만나면 다가가서
문제를 낸대.

한마디로 시험을 본다 이거지.

틀리면 죽이기라도
한다는 거야?

어이가 없네.

동철

죽이는 게 아니라
소멸시켜 버린대.

소멸? 게임도 아니고 무슨.

동철

진짜 흔적도 없이
사라지게 만든대.

공부도 못하는 쓸모없는
놈이라고 하면서.

아니면 칼로 입을 찢거나
이마에 상처를 낸다더라.

동철

밖에 나가지 못하고 집에서
공부만 하게 하려고.

아우, 짜증 나.

동철

환천중학교랑 당원고등학교에서
벌써 희생자가 나왔대.

선생들까지 나서서 조를 짜 가지고
잠복도 해 봤지만 결국 못 잡았다더라.

미치겠다.

동철

더 골 때리는 얘기 해 줄까?

그러다 살인마한테
잡힌 선생도 있대.

붙잡은 선생들한테도
문제를 내고,

정답을 모르면 무지
괴롭히다가 풀어 줬대.

다들 난리 났어.

진짜로?

우리도 다시 전면 등교잖아.

> **동철**
> 그래서 등교를 미뤄야 된다는
> 얘기도 나오나 봐.

오, 그래?

들던 중 반가운 소리였다. 상진은 동철을 제외하고는 별로 친한 아이들이 없었고, 집에서 받는 온라인 수업이 훨씬 편했기 때문이다. 이번에도 시험 대신 수행 평가로 대체되었으면 하는 마음이 컸다. 그런 마음을 눈치챘는지 동철이 비웃는 이모티콘을 보냈다.

지금 놀리냐?

> **동철**
> ㅋㅋ 공부는 좀 했냐?

그냥 놀았지.
뭔 놈의 공부야.

> **동철**
> 야, 너 큰일 났다. 그렇게
> 뒤처져서 어떡하려고?

뒤처지긴 뭘 뒤처져?

> **동철**
> 2학년 1학기 기말 때
> 솔직히 충격받았잖아.

동철

이번에도 밀리면
끝장이지.

그때는 중간고사도 못 봤고
오랜만에 보는 시험이었으니까
그랬지.

차이가 나 봤자 얼마나 나겠어.

상진은 불안함을 애써 감춘 채 연달아 메시지를 남겼다.

동철

ㅉㅉㅉ

어쭈, 선 넘네.

동철

걱정해 주는데 무슨 소리야.

놀리는 게 아니라?

동철

정신 차리라고.

너 그래도 예전에는 반에서
중간 정도는 됐잖아.

그러다 완전 하위권으로
떨어지면 어쩌려고 그래?

할 수 없지.

동철

완전 대책 없네. 아무튼 내일 보자.

상진은 동철에게 알겠다는 대답을 남겼지만, 메시지 앞의 1은 사라지지 않았다. 찜찜해진 상진은 전화할까 하다가 그냥 침대에 누워 버렸다.

솔직히 걱정이 컸다. 상진이 입학한 뒤로 학교에서는 코로나 때문에 중간고사를 보지 않았고, 그래서 1학년 1학기 기말고사가 중학교에 올라와 처음 치른 시험이었다.

학교에 가지 않고 온라인으로 수업하는 동안 상진은 공부에 제대로 집중하지 않았다. 부모님은 가게를 새로 열고 운영하느라 정신이 없어서 상진에게 신경을 쓰지 못했다. 어느 누구의 방해나 잔소리도 없이 자기만의 공간이 된 집에서 상진은 마음껏 자유를 즐겼다. 물론 중간중간 수업을 열심히 들은 적이 있긴 했다. 하지만 학교에서도 제대로 집중하지 못하는 성격이라 컴퓨터 모니터를 멍하니 바라보고 있자니 정말 견디기가 힘들었다. 얼굴을 보이라고 해서 어쩔 수 없이 컴퓨터 앞에 앉아 있었지만, 살짝살짝 눈을 돌려가며 휴대폰을 들여다보기도 했다.

"짜식들, 그 와중에 공부를 하다니."

조금은 얼떨떨하고 겁먹은 상태에서 시험을 치른 상진은 기말고사 성적에 큰 충격을 받았다. 적어도 중위권을 유지하던 성적이 바닥을 쳤던 것이다. 1학년 2학기 기말고사 때도 마찬가지였다.

그 와중에 시험을 잘 보고 성적이 더 오른 아이들도 여럿이었다. 코로나 시국에 본격적으로 과외에 몰두해서 진도가 엄청나게 나간 아이도 있었고, 쉬쉬하며 학원에 나가 열심히 공부한 아이도 있다고 했다. 직접 얘기를 듣지는 않았지만 동철 또한 따로 과외를 받았을 게 분명했다. 동철의 엄마라면 그냥 손 놓고 있을 리가 없었다.

상진은 동철과 비교해 학원을 많이 보내지도 못하고 크게 신경 쓰지 못해 늘 미안해하는 엄마 얼굴이 떠올랐다. 몰래 용돈을 챙겨 주고, 상진이 자는 틈에 들어와 머리를 쓰다듬으며 자기를 안쓰럽게 바라보는 아빠도 생각났다. 두 분은 상진의 성적이 상위권이 아닌데도 만족했고, 언제나 상진을 자랑스럽게 여겼다.

상진은 그래서 더 부담스러웠다. 차라리 왜 공부를 더 잘하지 못하느냐고 화를 낸다면 맞서기라도 할 텐데. 상진은 늘 마음이 무겁고, 자신이 너무 부족한 것 같아 스스로가 원망스럽기도 했다.

답답하고 불안해진 상진은 휴대폰을 만지작거리면서 중

얼거렸다.

"어떻게든 되겠지."

왜 공부를 해야 하는지 모르겠지만, 그걸 못하면 죄책감이 들고 학교에서는 죄인 취급을 받아야 한다는 게 불만이었다. 짜증과 불안의 경계를 넘나들던 상진은 눈을 감고 억지로 잠을 청했다. 거실에서 부모님의 목소리가 높아졌기 때문이다. 여전히 장사가 잘되지 않아 두 분 모두 신경이 날카로워진 상태였다.

아침에 눈을 뜨자 부모님은 벌써 가게에 나가고 없었다. 종업원들을 모두 내보내고 두 분이 가게를 운영해야 했기 때문에 언제나 일찍 집을 나서곤 했다. 식탁에는 상진이 먹을 아침밥이 간단하게 차려져 있었고, 거실 소파에는 잘 다린 교복이 놓여 있었다.

상진은 아침밥은 거들떠보지도 않은 채 옷을 입고 가방을 메고는 밖으로 나갔다. 코로나바이러스가 심하게 퍼지는 동안에는 밖에도 잘 나가지 않아서인지, 이른 시각에 길을 걷는 자체가 몹시 어색했다. 어느덧 길에는 다니는 차가 늘어났고 사람도 더 많아졌다. 다들 마스크를 쓰고 있어서 표정이 드러나지는 않았지만 대부분 지쳐 보였다.

큰길을 걷던 상진은 지름길인 골목으로 접어들었다. 차

한 대가 겨우 지나갈 정도로 좁긴 해도, 학교로 가는 지름길이라서 문구점이나 분식집 같은 가게들이 줄줄이 자리 잡고 있었다. 그러나 대부분 문을 닫은 상태였다. 상진이 가끔 들르던 장난감 가게도 문을 닫은 채였다. '임시 휴업'이라고 쓴 빛바랜 종이가 유리창에 붙어 있었다.

비록 전면 등교를 시작하고 각종 규제가 풀리고 있다고는 하지만, 일상의 삶은 여전히 코로나 이전으로 돌아가지 못하고 있었다. 당장 상진의 집만 해도 그럭저럭 먹고살 만하던 형편이 아주 많이 어려워졌다. 상진은 살짝 흥미가 당기던 공부와 완전히 담을 쌓아 버렸다. 등교하지 않는 상황에서 다른 아이들이 따로 열심히 공부했던 것과 달리, 상진은 과외도 받지 않고 기본적인 수업마저 제대로 듣지 못한 상태였다. 앞으로 그 간극을 좁힐 수 있을지 고민해 보았지만, 무엇부터 해야 할지 엄두가 나지 않았다.

골목 저편으로 학교가 보이자 불안감이 다시 엄습해 왔다. 하지만 상진은 혀를 한 번 차고는 중얼거렸다.

"젠장, 어떻게든 되겠지."

구불구불한 골목길은 그날따라 더 한적했다. 보통 때 같으면 버스에서 내린 아이들이 급히 들어서거나, 도로 건너편 아파트에 사는 아이들이 조금이라도 빨리 학교에 가기 위해서 이용하는 길이었다. 하지만 코로나 때문에 제대로 등교하는 날이 손에 꼽을 정도가 되면서, 이 길로 다니는 아이들의 수도 눈에 띄게 줄었다.

상진은 코로나 이전에 마스크를 쓰지 않고 친구들과 왁자지껄하게 떠들며 걷던 때를 떠올렸다. 요즘은 같은 반 친구라고 해도 함부로 장난을 걸 수 없을 정도로 방역 수칙을 철저히 지켜야 했다. 언제나 적당한 거리를 유지해야 건강한 관계. 상진은 그것도 나쁘지 않다고 생각했지만, 왠지 쓸쓸해졌다. 이제는 같은 반 아이들이 경쟁 상대이자, 조금만 방심하면 자기를 밟고 지나가는 무서운 존재처럼 느껴지기도 했다.

텅 빈 골목길을 걷던 상진은 뒤에서 들리는 우당탕 소리에 걸음을 멈췄다. 처음에는 반가운 마음이 들어서 뒤돌아봤다.

"동철이냐?"

하지만 골목길에는 아무도 없었다. 빈 페트병만 바닥에 굴러다녔다. 바람이 불지 않았으니 누가 페트병을 걷어찬 게 분명했다. 하지만 골목길 어디에서도 인기척은 느껴지지 않았다. 가만히 생각해 보니, 또래보다 덩치가 큰 편이고 몸이 둔한 동철은 이렇게 감쪽같이 숨을 수가 없었다.

"누구지?"

더럭 겁이 난 상진은 떨리는 목소리로 물었다.

"야, 한동철! 무서우니까 그만하고 나와."

그러나 아무런 인기척이 없었다. 상진은 후들거리는 다리를 끌고 발걸음을 옮겼다. 하필이면 골목길 중간이라 도로가 있는 큰길로 다시 나가기도 애매한 위치였다. 발걸음을 재촉하던 상진은 문득 어제 동철과 나눴던 메시지가 떠올랐다.

"혹시……?"

저도 모르게 고개가 뒤로 돌아갔다. 발소리가 들렸기 때문이었다.

하지만 이번에도 사람의 기척은 없었다. 심장이 점점 쿵쾅거리며 뛰는 와중에 발소리가 귓가를 맴돌았다. 잠시 우두커니 서서 주변을 살폈지만, 발소리의 주인공은 모습을 드러내지 않았다. 바람의 작은 소용돌이만이 골목에 흩어진 잡동사니 쓰레기를 밀어냈다.

"잘못 들었나?"

바람 소리였나 보다 싶어 돌아선 상진은 얼마 가지 않아 또다시 이상한 소리에 발목을 잡히고 말았다.

울상이 된 상진은 다시 주변을 돌아봤다. 낡은 시멘트 블록 담장 위에 잠들어 있던 검은 고양이가 슬며시 눈을 뜨고는 자리를 떴다.

상진은 걷다가 이상한 소리가 나면 돌아보기를 거듭했

다. 그러다가 자주 들르던 논노 문구점 앞까지 왔다. 골목길이 거의 끝나는 지점이라서 더욱 반가웠지만, 곧 안타까움이 밀려왔다. 오래전부터 문을 닫은 듯 사람의 흔적이 전혀 없었던 것이다. 딱지를 비롯한 장난감이 가득하던 플라스틱 진열대는 비닐을 씌운 채였는데, 그 위로 먼지가 뿌옇게 쌓여 있었다. 먼지떨이를 들고 학생들을 반겨 주던 할머니의 모습도 보이지 않았다.

더는 할머니를 볼 수 없을 것 같아 시무룩해진 상진의 귀에 다시 이상한 소리가 들렸다. 흠칫 놀란 상진은 서둘러 발걸음을 떼었다. 이렇게 놀리는 것처럼 뒤를 따라오는 존재라면, 어제 동철이 얘기한 시험 살인마일 수도 있겠다는 생각이 문득 들었다.

그러다 상진은 피식 헛웃음이 나왔다. 문제를 내서 틀리면 해치는 살인마라니, 가만히 생각해 보면 무지 웃기는 일이었다. 사실 시험을 망치거나 문제를 틀리면 혼을 내는 사람은 이미 한둘이 아니었다. 거기에 정체불명의 살인마까지 끼어들었다니 어이없고 답답하기까지 했다. 그런데 지금, 그 살인마가 자신을 쫓고 있을지도 몰랐다.

주머니에서 휴대폰을 꺼낸 상진은 신고할지 말지 망설였다. 그렇지만 뭐라고 신고해야 할지 애매했다. 시험 살인마와 실제로 마주치지도 않았고, 정말로 존재하는지도 확실하지 않았기 때문이다. 만약 어제 동철의 얘기를 듣지 않았다면 시험 살인마의 존재조차 몰랐을 것이다. 가뜩이나 말주변이 없는 상진은 그런 모든 상황을 경찰에게 자세히 설명할 자신이 없었다.

결국 휴대폰을 도로 주머니에 넣은 상진은 발걸음을 빨리했다. 그러고는 두려움을 떨쳐 내기 위해 휘파람을 불었다. 그러면 귀신이 도망간다는 얘기를 어디서 들은 것 같았다. 하지만 상진을 따라오는 발소리는 멈추지 않았다.

"엄마야!"

겁에 질린 상진은 이제 뛰기 시작했다. 늘어선 지붕들 너머로 멀리 학교가 보였다. 조금만 너 가면 근처 초등학교에서 봉사하러 나온 녹색 어머니회나 등교 지도를 하는 선생님들을 만날 수 있을 것 같았다.

골목길의 마지막은 살짝 오르막이었다. 마스크를 쓰고 뛰느라 숨이 턱까지 차오른 상진은 헉헉거리며 오르막길을 올랐다. 전단이 덕지덕지 붙어 있는 전봇대를 지나칠 때 귓가로 차가운 바람이 스쳤다. 아직 여름 기운이 남은 가을에 문득 느껴진 찬 바람이 상진을 얼어붙게 했다. 어서 빨리 학교로 가야겠다는 생각에 필사적으로 뛰다가 발이 꼬이고 말았다. 앞으로 풀썩 고꾸라진 상진은 아픔을 느낄 새도 없이 바로 일어났다. 하지만 뒤에서 누가 괴성을 지르며 덮치는 바람에 도로 엎어지고 말았다.

놀란 상진은 아무 말도 하지 못하고 공포에 사로잡혔다. 스스로도 느끼지 못한 사이에 눈물이 줄줄 흘렀다. 한참을 엎드린 채로 꼼짝 않고 있는데, 상진을 덮친 사람이 몸을 일으키며 낄낄거렸다.

"아이고, 겁쟁이처럼 쫄았군."

놀리는 목소리의 주인공이 동철인 것을 알고 상진은 고개를 슬쩍 돌렸다. 짜증과 함께 한숨이 밀려 나왔다.

"네가 장난친 거야?"

"혹시나 했는데 살인마 얘기를 진짜로 믿을 줄은 몰랐네."

"어제 네가 얘기를 꺼냈잖아."

"그러게, 그냥 소문을 말해 줬을 뿐인데 말이야."

크게 웃어 대던 동철이 손을 내밀었다. 짜증이 난 상진은 그 손을 뿌리치고 혼자서 몸을 일으켰다.

"간 떨어질 뻔했다고."

"아무리 그래도 혼자서 뛰다가 넘어지는 건 좀 웃겼어."

그 얘기를 듣고서야 시큰거리는 통증을 알아챈 상진은 한 손으로 무릎을 만지면서 동철에게 말했다.

"학교에서 이 얘기 꺼내면 죽는다!"

상진은 진지했지만 동철은 여전히 빈정거렸다.

"무서워서 누구처럼 눈물 나겠네. 가자. 늦겠다."

둘은 부지런히 걸었다. 그러다가 궁금증을 참지 못한 상진이 먼저 입을 열었다.

"사실이야?"

"뭐가?"

"시험 살인마 말이야."

그러자 잠깐 생각하던 동철이 대답했다.

"소문이 돌고 있긴 해. 근데 실제로 본 사람은 없어."

"잡히면 죽는다며? 그런데 어떻게 목격자가 있어?"

"그러니까 아무도 모른다는 거지."

정말 영문을 알 수 없었다. 괴상한 살인마가 나타났다는 소문이 돌고 있는데 정작 실체는 보이지 않는다니…….

동철이 얼굴을 찡그리며 말을 이었다.

"다른 소문도 있어."

"무슨 소문?"

"시험 살인마 얘기가 사실은 학부모들이 지어낸 거라는 소문. 학교에서 만들었다는 소문도 있고."

"도대체 왜?"

"왜겠어. 우리 때문이지."

동철은 대답하면서 주변을 한번 돌아봤다.

"우리가 집에서 수업을 들으니끼 공부를 안 힐 거라고 생각했나 봐."

"그래서 시험 살인마가 돌아다닌다는 소문을 냈다고?"

어처구니가 없어진 상진의 물음에 동철이 고개를 끄덕거렸다. 상진은 어느덧 코앞까지 가까워진 학교를 바라보며 중얼거렸다.

"말도 안 돼. 공부 못하면 죽으라는 거야?"

"우릴 못 믿는 거지. 집에서 집중 못 하고 놀았을 게 뻔하다고, 그러니까 다시 등교를 해도 제대로 공부하지 않을 거라고 생각하나 봐."

상진은 마음 한구석이 찔렸다. 실제로 시험 성적이 떨어지기도 했지만, 그보다 더 당혹스러운 일은 수업을 따라잡기 힘들다는 점이었다. 예습이나 복습으로 해결될 일이 아니었다. 사실 상진은 선생님이 말하는 문장에서 튀어나오는 단어들의 뜻조차 제대로 파악하기 힘들었다. 수업은 어찌어찌 대충 넘긴다 해도, 시험 문제를 이해하려면 시간이 한참 걸렸다. 하지만 티를 내기는 싫었다. 그 사실을 인정하면 진짜 멍청이가 될 것 같아 겁이 나기도 했다.

잠시 스스로를 돌아보던 상진은 갑자기 반발심이 들었다.

"코로나바이러스 때문에 학교에 가지 못한 건 우리 탓이 아니잖아. 그런데 왜 우릴 못 잡아먹어서 안달인지 몰라."

"공부를 못하면 죄인이잖아, 우린."

여느 때처럼 웃어넘긴 동철은 학교 정문이 보이자 상진

의 어깨를 쳤다.

"그러니까 죄인은 열심히 공부를 하렷다!"

녹색 어머니회 모자를 쓴 아주머니가 잠시 기다리라는 신호를 보냈다. 차가 지나가는 동안 상진이 동철에게 말했다.

"아까처럼 뒤에서 또 덮치면 진짜 가만 안 둔다."

"미안! 논노 문구점 근처에서 신발 끈을 묶고 있는데, 네가 자꾸 겁먹은 표정으로 뒤를 돌아보잖아. 나도 모르게 장난치고 싶었어."

마침 차가 없자 녹색 어머니회 아주머니가 건너가라고 손짓했다. 상진은 동철을 따라 길을 건너면서 물었다.

"그럼 처음부터 날 따라오면서 소리를 낸 게 아니었어?"

"처음부터라니? 난 논노 문구점에서 널 봤는데?"

어깨에 손을 올린 채 동철이 뭐라고 얘기했지만 제대로 들리지 않았다. 동철의 말이 사실이라면 골목길 중간쯤부터 논노 문구점까지 이상한 소리를 내며 따라온 건 다른 존재였다는 뜻이다. 그게 뭘까 생각하던 상진은 두려움에 순간적으로 온몸이 살짝 떨렸다. 상진의 어깨에 손을 올리고 있던 동철이 장난스럽게 물었다.

"왜 이렇게 떨어. 오줌 싸냐?"

상진은 동철의 손을 확 뿌리치고 운동장을 가로질러 뛰어갔다.

현관에는 온도 측정기와 열화상 감지기, 손 소독제가 차례대로 놓여 있었다. 마치 퀘스트를 차례로 깨고 교실이라는 최종 목적지에 도착해야 하는 게임처럼 느껴졌다. 상진은 온도 측정기에 손목을 대고 열화상 감지기 앞에 선 다음, 마지막으로 손 소독제를 쭉 짜서 손바닥에 골고루 발랐다. 투명한 플라스틱 창 안쪽에서 그 광경을 보던 선생님이 잘했다는 듯 고개를 살짝 끄덕거렸다.

상진은 교실이 있는 3층으로 올라갔다. 그리고 좌우로 나뉜 복도를 둘러보면서 중얼거렸다.

"어디였더라?"

그러자 잠시 멈춰 선 사이에 따라 올라온 동철이 말했다.

"오른쪽이잖아, 인마."

유쾌하게 웃는 동철을 슬쩍 째려본 상진이 대답했다.

"알고 있거든."

둘은 나란히 2학년 2반 교실로 들어갔다. 책상에는 투명한 플라스틱 칸막이가 설치돼 있었다. 먼저 온 아이들은 말없이 앉아 있었다.

안경을 쓴 반장이 상진에게 와서 휴대폰을 걷어 갔다. 바로 뒤따라 들어온 동철은 반장과 한참 수다를 떨다가 휴대폰을 건넸다. 그러더니 자리에 앉은 상진 옆으로 다가와 말했다.

"아까는 미안했어. 그러니까 화 풀어라."

"알았어."

사실 상진은 어차피 오래 삐쳐 있을 생각도 없었다.

상진이 사과를 받아 주자 기분이 좋아진 동철은 교실을 돌아다니며 아이들과 얘기를 나눴다. 그러다 담임 선생님이 들어오자 잽싸게 자기 자리로 돌아갔다.

무테 안경을 쓴 담임 선생님은 교탁 앞에 서서 입을 열었다.

"전면 등교를 해서 오랜만에 얼굴을 보니까 아주 좋네."

그러자 동철이 외쳤다.

"선생님은 더 살생겨지신 거 같아요!"

동철의 말에 아이들이 왁자지껄하게 떠드는데도 담임 선생님은 싫지 않은 표정을 지었다.

"너희와 건강한 모습으로 만나려고 홈 트레이닝을 열심히 했거든. 이제 어지간하면 계속 전면 등교를 하게 될 거다. 그 얘기는······."

잠시 뜸을 들인 선생님이 씩 웃으면서 덧붙였다.

"중간고사가 너희를 기다리고 있다는 뜻이지."

동철을 비롯해서 아이들이 일제히 탄식하자 담임 선생님은 안경을 끌어 올리면서 말했다.

"코로나 때문에 쭉 수행 평가로 대체했으니, 중학교 들어

와서 처음으로 제대로 치르는 중간고사지. 사실 1년 정도만 지나면 너희도 다들 고등학생이 되잖아. 예전보다는 덜하다고 하지만 고등학생이 되면 대입을 위해서 여러 시험을 봐야 해. 지금이랑은 비교할 수 없을 만큼 말이야. 그러니까 시험에 미리미리 익숙해지는 것도 나쁘지 않아."

그러더니 앞서와는 달리 큰 한숨을 내쉬고는 말을 이었다.

"그나저나 이번에는 격차가 좀 좁혀져야 할 텐데 걱정이다."

"무슨 격차요?"

동철이 큰 소리로 묻자 선생님은 자못 심각한 표정으로 대답했다.

"학습 격차. 등교 수업이 막힌 뒤로 각자 공부하는 시간과 방식이 너무 제각각이 되다 보니, 너희 사이에 성적 차이가 심해졌잖아. 기말고사 성적을 봤으니까 대충 짐작은 하겠지만."

담임 선생님이 팔짱을 끼며 덧붙였다.

"과외하고 학원 다니면서 열심히 공부한 학생과 온라인 수업을 듣는 게 고작인 학생이 같은 실력일 수는 없지."

담임 선생님의 말이 이어지는 동안 아이들은 무거운 침묵을 지켰다. 선생님이 그런 아이들을 안타까운 눈으로 바라봤다.

"너희도 스트레스를 받겠지만, 학습 격차를 줄이려고 많은 사람이 고민하고 또 연구하고 있어. 그러니 자기 수준을 점검하는 중요한 절차라 생각하고 부담 없이 시험 준비를 하면 좋겠다."

"어떻게 시험을 부담 없이 치러요?"

동철이 목청을 높이자 다들 동조했다. 담임 선생님은 연거푸 미안하다고 말하면서 아이들을 다독였다.

"나도 잘 안다. 하지만 어쩔 수 없잖아. 그리고 시험 결과에 따라서 성적이 너무 낮거나 변동이 심한 학생들은 추가 수업을 받게 될 수도 있어."

그러자 뒤쪽에 앉은 남학생 한 명이 손을 번쩍 들었다.

"선생님! 저는 학원을 못 다녔고 온라인 수업도 제대로 못 들었는데 어떡해요?"

"종섭아, 학원은 그렇다 쳐도 온라인 수업은 왜?"

"집에 있는 컴퓨터가 후져서요. 엄마가 돈이 없다고 안 사 줬어요."

"나돈데."

창가에 앉은 아이의 나지막한 혼잣말이 들려왔다. 담임 선생님은 더없이 난감한 표정으로 벽에 붙은 시계를 바라봤다.

"이제 수업 시작해야 하니까 그만하고 종례 때 얘기하자.

그리고…….”

팔짱을 푼 담임 선생님이 심각한 표정으로 덧붙였다.

“최근 학교 주변에 이상한 사람이 돌아다닌다는 소문이 돌고 있어. 경찰이 순찰한다고 하지만 조심하는 게 좋으니까, 이따 집에 갈 때는 교문 맞은편 골목길로는 가지 말고 큰길로 가도록 해라.”

“큰길로 가면 빙 돌아가야 하는데요?”

동철이 물었다. 그러자 담임 선생님이 고개를 저었다.

“그건 나도 아는데 혹시 몰라서 그래. 그 골목길은 대낮에도 다니는 사람이 거의 없잖아.”

“그 이상한 사람이 시험 살인마인가요?”

동철의 물음에 담임 선생님은 우물쭈물했다.

“어디까지나 소문일 뿐이야. 하지만 조심하는 게 좋잖아.”

“진짜인지 아닌지 알려 주셔야 대비를 하죠.”

동철의 말에 다른 아이들이 맞다고 외치자 담임 선생님이 살짝 당황한 표정을 지었다.

“옆 학교에서 이상한 사람이 문제를 풀라고 소리치면서 쫓아다녔다고 얘기한 학생이 있었어.”

누가 죽거나 사라진 건 아니었지만 얼추 비슷한 얘기였다. 놀란 상진이 동철을 바라봤다. 바짝 긴장한 표정의 동철이 다시 손을 들었다.

"그냥 이상한 정도예요? 소문에는…….”

"나도 자세히 알아봤는데 해를 당하지는 않았다고 해. 하지만 상황이 상황이니만큼 특별히 조심하는 게 좋다 이거지. 그럼 이따가 보자. 금일 수업 잘 듣도록.”

마치 숨겨야 하는 비밀이 있는 것처럼 서둘러 말을 마친 담임 선생님이 교실을 나갔다. 그러자 잠잠하던 아이들이 모여서 떠들기 시작했다. 종섭과 몇 명은 아예 말귀를 못 알아들었는지 심각한 얘기를 나누는 중이었다.

"금일이면 금요일이라는 뜻이잖아. 그렇지만 오늘은 월요일인데?”

"그러게. 분명 금일이라고 들었지?”

"휴대폰이 있으면 바로 검색해서 알아보면 되는데.”

가만히 얘기를 듣고 있던 상진은 아까 동철이 논노 문구점 앞부터 자신을 따라왔다는 말을 떠올렸다. 그렇다면 페트병을 발로 차면서 쫓아온 존재는 과연 누구였을까. 한참 생각에 잠겨 있는데 동철이 어깨를 툭 쳤다.

"왜?”

"저기.”

동철이 가리킨 교실 뒷문에서 부반장 준혁과 원규가 얘기를 나누고 있었다. 평소에는 잘 어울리지 않는 의외의 조합이었다. 상진이 둘을 바라보자 동철이 낮은 목소리로 말했다.

"쟤들도 시험 살인마에 관심이 많은가 봐."

"진짜?"

"그렇다니까. 얼른 와 봐. 쉬는 시간 금방 끝나겠다."

상진이 동철의 손에 이끌려 다가가자 벽을 등지고 서 있던 준혁이 물었다.

"너도 봤다며? 시험 살인마."

"본 건 아니고 소리를 들었어. 쫓아오는 소리."

"어디서?"

"학교 앞 골목길. 중간부터 논노 문구점 근처까지 계속 이상한 소리가 났는데 모습은 보이지 않았어."

"어떤 소리?"

준혁이 묻자 상진은 잠시 고민하다가 대답했다.

"페트병을 차는 소리. 점점 가까워졌어."

상진의 대답을 들은 아이들이 서로 눈빛을 주고받았다. 그러다가 준혁이 동철을 힐끔 바라보고는 입을 열었다.

"나는 시험 살인마가 실제로 있다고 믿어."

"담임 선생님은 아니라고 했잖아."

"그건 우리를 안심시키려고 하는 말이고. 우리 형이 당성 고등학교 다니는데 거기도 비상이래."

"목격자가 있대?"

상진의 물음에 준혁은 고개를 저었다.

"아니. 그렇지만 시험 살인마의 정체에 관해서 구체적인 소문을 들었어."

"누군지 밝혀진 거야?"

"말 그대로 소문이야. 어릴 때부터 천재 소리를 들은 명문대 학생이래. 그런데 과외를 맡았던 아이가 설명을 너무 못 알아들으니까 답답해하면서 괴로워했대. 그러다 하루는 너무 화가 나서 책으로 아이 머리를 내리쳤대. 아이 부모님 앞에서 말이야. 그래서 과외도 잘리고, 화를 참지 못하니까 일상생활도 힘들어지고, 결국 명문대마저 그만뒀대. 그 뒤로 사람이 이상해져서, 학교 근처를 배회하면서 학생들을 붙잡고 문제를 내나 봐."

"그러다 답이 틀리면 죽이고?"

"사람을 죽였으면 진작 경찰에 잡혔겠지. 선생님이 그냥 조심하라고만 했잖아. 그러니까 진짜 살인마는 아닐 거야."

"그럼 틀린 답을 말하면 어떻게 하는데?"

"마구잡이로 두들겨 패나 봐. 그러고는 다음에 만나서 문제를 냈는데 또 틀리면 진짜 죽인다고 협박한대."

준혁의 설명을 들은 상진은 저도 모르게 한숨이 나왔다.

"공부를 못하면 길거리에서 두들겨 맞아야 하는 거야?"

"그런데 말이야……."

준혁이 주변을 살펴보더니 낮은 목소리로 말했다.

"전혀 다른 소문도 돌아."

"어떤 소문?"

"사실은 교장이랑 학부모 몇 명이 사람을 고용한 거라는 소문."

"살인마를?"

어처구니가 없어 상진이 반문하자 준혁은 고개를 가로저었다.

"살인마가 아니라 그냥 배우 같은 사람이겠지. 어쨌든 아이들을 위협하려고 학교 주변을 어슬렁거리게 시켰대."

"도대체 왜?"

"공부하게 만들려고."

준혁의 대답에 상진은 바로 고개를 저었다.

"말도 안 돼. 공부를 시키려고 그렇게까지 한다고?"

"그래야 학생들이 겁을 먹고 공부할 거라고 생각했나 봐. 중간고사 성적에 따라서 추가로 수업을 받을 수도 있다는 얘기 들었지?"

"응."

"사실 난……."

잠깐 뜸을 들이던 준혁이 말했다.

"시험 살인마보다 시험이 더 무서워."

"왜? 넌 공부 잘하잖아."

상진이 묻자 준혁이 고개를 저었다.

"분명히 나랑 성적이 비슷했던 애가 지금은 따라잡기 힘들 만큼 올랐던데? 내가 아무리 열심히 해 봤자 그런 애들은 더 오르고 그다음에 또 오를 테니까, 나중에는 아예 걔들 성적 근처에도 못 갈걸? 엄마 아빠는 계속 시험 성적으로 쪼아 댈 게 뻔하고."

"공부를 잘해도 고민이구나."

준혁은 상진의 얘기를 듣고는 작게 한숨을 쉬었다.

"아무튼, 시험 살인마를 잡아서 가짜라는 사실을 밝혀내면 속이 시원하겠어. 스트레스도 덜 받고."

골목길에서 쫓아온 사람이 정말 시험 살인마일지도 모르겠다는 생각에 상진은 준혁에게 조심스레 물었다.

"그런데 진짜 살인마라면 어쩌려고?"

"생각해 봐. 세상에는 수많은 살인마가 있어. 그런데 문제를 내서 틀리면 죽이는 경우는 듣도 보도 못했다고. 넌 들어본 적 있어?"

"아니."

상진이 생각에 잠겨 있는 사이, 준혁이 말했다.

"이따가 학교 끝나고 애들이랑 잡으러 가 보려고."

"시험 살인마를? 어떻게?"

상진이 묻자 준혁이 옆에 있는 규원을 바라봤다. 날카로운 눈매를 한 규원은 주머니에서 전기면도기처럼 생긴 물건을 꺼냈다. 규원을 바라보던 준혁이 상진에게 말했다.

　"이 전기 충격기로 잡을 거야."

　"잡아서 뭐 하게?"

　"유튜브 조회 수 좀 올리려고."

　"뭐라고?"

　상진이 어이없어하며 반문하자 준혁이 자기 휴대폰을 꺼내서 보여 줬다.

　"그동안 유튜브 채널을 열었거든. 채널 이름은 '부반장의 반장 같은 삶'이야."

　"관심 끌어 보려고 범인을 찾겠다는 거야?"

　"유튜버로 잘되면 공부 따위는 안 해도 되잖아. 누가 알아? 빌딩도 살 수 있을지."

　준혁의 진지한 대답에 상진은 저도 모르게 중얼거렸다.

　"그건 그렇지……."

　상진의 표정을 살피던 준혁이 머뭇머뭇 입을 열었다.

　"그러니까…… 네가 살인마를 좀 유인해 줘."

　"뭐? 나더러 미끼가 되라는 말이야?"

　놀란 상진이 묻자 준혁이 대답했다.

　"오늘 골목길에서 그 사람을 봤다며."

"정확하게 얘기하자면 본 건 아니지."

"어쨌든 수상한 사람이 네 주변에 나타났잖아. 그러니까 좀 도와줘."

"내가 유인하는 틈에 네가 잡겠다 이거야?"

준혁이 고개를 끄덕였다.

"나랑 규원이랑 동철이가 덮칠 거야. 어른이라고 해도 한 명이니까 우리 셋이면 충분해. 규원이가 전기 충격기도 갖고 있고."

동철이 왜 자기를 불렀는지 그제야 깨달은 상진이 동철을 노려봤다. 동철이 머쓱한 표정으로 말했다.

"아까 네 얘기를 듣고 준혁이한테 말했더니 바로 계획을 짜더라고."

상진은 짜증이 나긴 했지만, 사실 한편으로는 호기심이 일었다. 자신을 쫓아온 사람이 정말 시험 살인마인지 궁금했다. 만약 시험 살인마가 실제로 존재한다면 어떤 사람인지도 알고 싶었다.

준혁이 채근하는 듯한 눈빛으로 상진을 바라보았다. 마침 수업 시작을 알리는 종소리가 울렸다. 준혁이 다급하게 말했다.

"시험 살인마 소문이 진짜라면 중간고사는 미루거나 아예 못 칠걸?"

"진짜?"

"학교 근처에 그런 무시무시한 사람이 돌아다니는데 시험을 제대로 치를 수 있겠어?"

당연하지 않으냐는 준혁의 말에 상진은 결심을 굳혔다. 좀 위험하지만, 시험을 보지 않을 수만 있다면 해 볼 만한 일이었다.

상진의 표정을 살피던 준혁이 물었다.

"할 거야?"

상진은 얼른 고개를 끄덕이고 자리로 돌아갔다.

수업이 시작되고, 선생님이 모니터를 켜느라 잠깐 한눈을 파는 사이에 상진이 동철에게 슬쩍 물었다.

"그런데 정말 유튜브 조회 수 때문에 저러는 거야?"

"준혁이 말이야?"

상진이 대답 대신 고개를 끄덕거리자, 동철이 뒤쪽에 앉은 준혁을 힐끔 보면서 씩 웃더니 말했다.

"쟤도 공부 안 했나 봐. 완전 놀았대. 이번에도 성적 떨어지면 집에서 가만 안 둔다고 했대. 그것도 그렇고, 유튜브 조회 수도 노리는 거지. 떡상할 아이템이잖아."

어쨌든 시험을 치기 싫은 심정은 상진도 마찬가지였다. 상진은 모른 척 비밀스러운 계획에 가담했다.

쉬는 시간과 점심시간 내내 시험 살인마 생포 계획이 세워졌다. 네 명이 머리를 맞대고 짜낸 계획은 간단했다. 오전에 등교할 때처럼 상진이 혼자 골목길을 걷고, 나머지 아이들이 뒤에서 거리를 두고 따라가기로 했다. 시험 살인마가 나타나면 셋이 동시에 덮치고, 규원이 전기 충격기로 제압한다는 계획이었다.

규원은 학교 운동장 구석에서 전기 충격기를 작동했다. 작은 침에서 파바박 하는 소리와 함께 전류가 흘렀다. 어디서 났느냐는 상진의 물음에 규원은 현금 수송 회사에서 일하는 외삼촌 걸 슬쩍했다고 답했다.

"주인 없는 개한테 써 봤는데 효과가 끝내줬어. 사람도 한 방이면 갈 거야."

규원은 대수롭지 않게 얘기하며 누런 이를 드러내고 웃었다. 상진은 소름이 돋았다.

수업이 모두 끝나고 종례까지 마치자 아이들은 가방을 챙겨 교실을 빠져나갔다. 상진은 세 아이와 함께 복도 구석에 있는 쉼터에서 마지막 작전 회의를 마쳤다. 준혁은 새로 산 짐벌에 휴대폰을 끼우고 이리저리 돌리면서 테스트를 했다.

상진은 어정쩡하게 앉아 있는 동철에게 물었다.

"넌 뭐라고 생각해?"

"시험 살인마의 정체?"

말뜻을 바로 알아차린 동철이 턱을 괸 채 생각에 잠겼다가 입을 열었다.

"외계인?"

"뭐라고?"

"지구를 염탐하러 온 외계인일지도 몰라."

"농담하지 말고."

상진의 말에 동철이 진지한 표정으로 말했다.

"실체가 없잖아. 진짜 살인마라면 경찰이 나섰거나 뉴스에 크게 나왔겠지. 그런데 소문만 도는 걸 보면 자유자재로 나타났다가 사라지는 능력이 있는 외계인이 분명해."

"그런데 왜 하필이면 공부 못하는 애들을 목표로 삼아?"

"그래야 의심을 안 받지."

동철의 대답을 들은 준혁이 끼어들었다.

"무슨 의심을 안 받는다는 얘기야?"

"자기가 외계인이라는 의심. 만약 공부 잘하는 애들을 목표로 삼았어 봐. 난리도 보통 난리가 아니었을걸?"

껄껄거리는 동철을 보면서 준혁이 피식 웃었다. 그때 복도를 지나가는 아이들의 말소리가 들렸다. 하나같이 중간고사를 걱정하고 있었다. 마찬가지로 중간고사 때문에 마음이 무거운 상진의 어깨를 동철이 가볍게 쳤다.

"가자, 출동해야지."

오후의 골목길은 오전처럼 썰렁하고 황량했다. 학교에서 선생님들의 경고를 들었는지 아무도 골목길을 이용하지 않았다. 가끔 바람이 불면서 쓰레기만 날릴 뿐이었다. 동철이 그 광경을 보고는 장난스럽게 말했다.

"야, 외계인 나타나기 딱 좋은 날씬데?"

이 와중에 장난이냐고 상진이 핀잔을 주는 동안 준혁은 짐벌에 끼운 휴대폰을 만지작거리며 테스트했다. 그러면서 중얼거렸다.

"잘 잡아서 정체만 밝히면 실버 버튼 각인데 말이야."

저마다 다른 꿈을 꾸면서 골목길을 걸었다. 동철의 장난에 당했던 논노 문구점 앞에 다다르자 상진은 저도 모르게 몸을 떨었다.

이번에는 동철이 진지하게 말했다.

"뒤에서 지켜 줄 테니까 걱정 마."

"퍽이나 그러겠다. 진짜 나타나면 나는 내동댕이치고 전부 튀는 거 아냐?"

"친구를 버리지는 않지, 하하."

그사이에 테스트를 마친 준혁이 끼어들었다.

"여기부터는 따로 떨어져서 걷자. 아까 얘기한 대로 상진이가 앞에서 걸어가면 우리가 뒤따라갈게."

"그러다가 놈이 나타나면?"

"바로 달려갈게. 좁은 골목길이라 금방 잡힐 거야."

"진짜지?"

"그럼. 한순간도 눈을 떼지 않을게."

상진은 홀로 앞으로 걸어 나가면서 뒤를 돌아봤다. 한순간도 눈을 떼지 않겠다고 장담하던 준혁은 벌써 휴대폰을 보는 중이었고, 동철과 규원도 옆에서 같이 들여다보고 있었다. 뒤늦게 상진의 시선을 눈치챈 동철이 눈을 마주치고 어색하게 웃었다.

상진은 심호흡을 한 번 하고는 가방을 추스르고 골목길을 걸어갔다. 해가 높이 떠 있지만 좁은 골목길 곳곳에는 어둠이 자리 잡고 있었다. 불현듯 아까처럼 서늘한 바람이 불었다. 지붕을 타고 골목길을 벗어나 멀리 사라지는 고양이가 보였다.

"길고양이는 웬만하면 자기 영역을 안 떠난다던데……."

고양이를 엄청 좋아하는 사촌 누나가 해 준 얘기가 떠올라 상진은 아까보다 더 불안해졌다. 자기도 모르게 돌아보니 준혁이 어서 가라고 손짓을 했다. 그래도 조금 전과 달리 자신을 지켜보고 있다는 사실에 마음이 놓였다.

골목길은 변함없이 무섭도록 고요했다. 큰 도로를 지나는 자동차에서 울리는 경적 소리만 가끔 들려왔다. 신경을 잔뜩 곤두세운 채 걷던 상진의 귀에 익숙한 소리가 꽂혔다. 아까 등교할 때 들었던 이상한 발소리였다. 그 순간 상진은 온몸이 그대로 굳어 버리고 말았다.

잠시 뒤, 주머니에 넣어 둔 휴대폰이 부르르 떨렸다. 꺼내 보니 동철의 메시지가 와 있었다.

동철
왜 안 가?

무서워. 소리 났단 말이야.

동철
무슨 소리?

아침에 들었던 소리.
시험 살인마 같아.

동철
우리가 뒤에 있잖아.
걱정하지 말라고.

그래도 무서워 죽겠어.

동철
자꾸 겁쟁이처럼 굴면
우리끼리 그냥 가 버린다.

야!

동철

이러다가 놓치겠다.

얼른 가기나 해.

평소 동철답지 않게 고압적으로 구는 탓에 기분이 상한
상진은 돌아서서 큰 소리로 욕을 내지르려고 했다. 그런데
잠깐 메시지를 보내는 사이에 이상한 발소리가 훨씬 더 가
까워졌다. 놀란 상진은 휴대폰에서 눈을 떼고 주변을 살펴
봤다. 사방으로 뻗은 좁은 골목길은 햇빛과 그늘이 뒤엉킨
탓에 선명하게 보이지가 않았다. 전봇대에 붙은 광고 전단
이 바람에 펄럭이며 들썩거렸다.

"이놈의 바람!"

아까 느꼈던 눅눅하면서도 서늘한 바람이 다시 불어와
귓가를 간지럽혔다. 부르르 떨던 상진은 화가 나서 저도 모
르게 주먹을 불끈 쥐고 외쳤다.

"그래! 나와서 잡아가! 코로나 때문에 학교 안 가는 동안
펑펑 놀았다! 어쩔 거야! 공부를 못하면 죽어야 하는 거야?
외계인한테 잡혀가야 하냐고!"

상진의 외침은 골목길 사이로 메아리치면서 사라졌다. 얼
굴이 터지도록 고함을 치는데 다시 메시지가 왔다.

동철

제정신이야?

 흥분한 상진은 휴대폰 통화 버튼을 누르고 고래고래 고함을 질렀다.

"그래! 나 미쳤다. 미끼 역할을 하는 것도 돌아 버리겠고, 이상한 소리에 벌벌 떠는 내가 한심해 죽겠어. 공부를 못하면 죽어 마땅한 거야?"

동철이 진정하라고 달랬지만 상진은 견딜 수 없었다.

"나 그냥 간다. 너희끼리 알아서 잡아!"

통화를 끝낸 상진은 휴대폰을 주머니에 넣고 진속력으로 달렸다. 순식간에 골목길이 끝나고 큰 도로가 보였다. 숨이 턱까지 차도록 뛰는데 동철에게서 전화가 왔다. 발걸음을 멈춘 상진은 숨을 헐떡이며 휴대폰을 귀에 가져갔다.

"왜?"

"……살려 줘."

아까와는 달리 기가 죽고 불안한 듯한 목소리였다.

"갑자기 왜 이래? 장난치지 마."

"그놈이 나타났어."

"누구? ……혹시 시험 살인마?"

"응……. 원규랑 준혁이는 끌려가고 나만 골목길 구석에

숨어 있어. 제발 도와줘.”

아까처럼 장난을 치는 게 아닌가 싶었지만, 장난이라기에는 동철의 목소리가 너무 떨렸다. 발걸음을 돌린 상진이 물었다.

“어딘데?”

“논노 문구점 근처, 파란 화분이 있는 골목이야.”

“알았어. 잠깐만 기다려.”

상진은 발걸음을 빨리하면서 112로 전화를 걸었다.

“여기 세경중학교 정문 맞은편 골목길인데요, 시험 살인마가 나타났어요. 얼른 와 주세요. 논노 문구점 근처예요. 빨리요!”

뛰면서 정신없이 말을 쏟아 낸 상진은 신고를 접수했다는 대답을 듣고는 통화를 끝냈다. 동시에 골목길에서 아무 소리도 들리지 않는다는 사실을 깨달았다. 놀란 상진은 걸음을 멈추고 주변을 두리번거렸다.

“……뭐지?”

순간 또 다른 사실이 번뜩 떠올랐다. 얼마 달리지도 않았는데 상진은 벌써 논노 문구점 앞에 도착해 있었다. 생각해 보니 아침에는 문구점 근처에서 파란 화분을 보지 못했다. 그런데 지금은 문구점 옆 작은 골목길 어귀에 파란 화분이 보란 듯이 놓여 있었다.

너무 놀라고 당황한 상진의 귀에 동철이 흐느끼는 목소리가 들렸다.

"아저씨! 제발 살려 주세요."

　동철이 위험에 빠진 게 분명했다. 상진은 골목길에 놓인 파란 화분을 집어 들고 안쪽을 살펴봤다. 막다른 골목길에 동철이 주저앉아 벌벌 떨고 있었다. 그리고 그 앞에 검은색 후드를 뒤집어쓴 누군가의 뒷모습이 보였다.

　상진은 들고 있던 화분을 그 사람의 등을 향해 있는 힘껏 던졌다. 날아간 화분이 정확히 등에 맞았지만, 그 사람은 꿈쩍도 하지 않았다. 그러더니 놀란 상진을 향해 천천히 돌아섰다.

"어?"

　후드를 뒤집어쓴 사람의 정체는 정말이지 예상 밖이었다. 처음으로 보인 얼굴은 담임 선생님이었다. 그러다가 교장 선생님 얼굴로 변하더니, 그다음은 엄마와 아빠 얼굴이 되었다.

"뭐, 뭐야?"

　천천히 다가오던 사람이 후드를 벗었다. 그러자 그 사람의 얼굴이 아까 오가면서 만난 길고양이로 변했다가, 도마뱀처럼 생긴 외계인으로 바뀌었다. 놀란 상진은 뒷걸음질을 치다가 발이 꼬이는 바람에 넘어지고 말았다. 그러면서 주머니에 넣어 둔 휴대폰이 떨어졌다. 황급히 손을 뻗었지만 휴대폰은 멀리 굴러가 버렸다.

다행히 멀리서 경찰차의 사이렌 소리가 들렸다. 살았다고 안도의 한숨을 내쉬는 순간, 지금까지 봤던 모든 얼굴들로 뒤죽박죽이 된 존재가 입을 열었다.

"지금부터 시험을 보겠다. 틀리면 그 대가는 죽음이다."

건조하고 딱딱한 목소리였다. 그러나 상진은 비명을 지르느라 아무것도 들을 수 없었다.

| 작가의 말 |

『격리된 아이』를 쓰고 나서 속편을 써야 하지 않겠냐고 농담 반 진담 반으로 얘기를 나눈 적이 있습니다. 『격리된 아이』가 코로나바이러스의 한복판으로 들어가는 이야기라면, 거기에서 나와야 하는 이야기도 써야 한다고 믿었기 때문이죠. 그래서 『격리된 아이, 그 후』라는 제목의 속편 앤솔러지를 준비했습니다. 제목에서 알 수 있듯 '위드 코로나' 이후의 세상을 담고자 했습니다.

안타깝게도 코로나바이러스가 사라진다고 해도 우리는 그 이전으로 돌아갈 수 없습니다. 바뀐 것이 너무나 많기 때문이죠. 무엇보다 학교 풍경은 더 많이 달라질 것 같습니다. 온라인 수업을 하면서 학습 격차가 더 심해질 것이라는 우려가 있었는데, 어느 정도는 현실이 되었기 때문입니다. 이제 그 격차를 어떤 방식으로 어떻게 줄일 수 있을지가 우리 모두에게 주어진 숙제일 것입니다.

한 가지 아쉬운 점은, 예측이 틀렸다는 것입니다. 이 책이

나올 즈음에는 코로나바이러스가 우리 곁에서 완전히 사라지지 않았을까 희망했던 예측 말입니다.

　앞으로 우리는 과연 어떤 변화를 겪게 될까요? '시험 살인마'라는 극단적인 주제를 통해 그 변화에 대해서 생각해 봤습니다. 이 이야기는 저의 개인적인 경험에서 나왔습니다. 예전에 제가 지금의 초등학교인 '국민학교'에 다닐 때, 이상한 아저씨가 시험 문제를 물어본 적이 있었거든요. 지금 생각하면 별일 아니었지만 그때는 너무 무서워서 며칠 동안 공부를 열심히 했습니다. 오래전 일이지만 지금도 종종 생각나는 그 기억은 낯선 존재가 주는 공포감이 어떤 것인지를 깊게 생각해 보는 계기가 되었습니다.

　코로나바이러스와 시험 살인마가 없는 세상을 함께 만들어 가면 좋겠습니다.

연대의 법칙

윤혜숙   한국콘텐츠진흥원 원작 소설 창작 과정에 선정됐
            으며, 『밤의 화사들』로 제4회 한우리청소년문학상
을 받았고, 경기문화재단 창작지원금을 받았다.
『말을 캐는 시간』『괴불주머니』『계회도 살인사건』『보호종료』등
을 썼으며, 『격리된 아이』『대한 독립 만세』『광장에 서다』『민주
를 지켜라!』등을 기획하고 함께 썼다.

*

그날은 아침부터 이상했다. 모두에게 그런 날이 있을 것이다. 멀쩡히 잘 달리던 자전거가 손톱만 한 돌멩이에 걸려 나동그라지는, 말도 안 되는 일이 벌어지는 날 말이다. 석우에게 그날이 딱 그랬다. 여느 때와 똑같은 시간에 집을 나섰지만, 그날은 정류장에 도착하자마자 버스가 출발해 버렸다. 다음 버스를 기다리는 동안 초조함에 뒷골이 욱신욱신했다.

차창 밖으로 풍경이 빠르게 지나갔다. 눈이 쑤실 듯 아픈데도 정신은 점점 말똥말똥해졌다. 어젯밤 걸려 온 형의 전화 때문일까?

"할머니는 건강하시지?"

잘 지냈는지, 그사이 별일 없는지는 묻지 않은 채 형은 다짜고짜 자기 할 말만 했다.

"벌써 공공 근로 나가겠다고 난리 치시지, 뭐. 그러는 형은 도대체 어디 있는 거야?"

"내 걱정은 마. 잘 있으니까."

두 달 만에 전화했으면서 할 말은 피하는 형 때문에 석우는 화가 났다. 석우가 몇 번이나 투덜대고서야 형은 농장에서 일한다며, 아무래도 농사꾼 체질인 것 같다고 너스레를 떨었다. 농장 주인은 동생처럼 보듬어 주고 동네 어른들은 손자처럼 예뻐해 준다나 뭐라나.

"그래서 그 농장이 어디 있는데?"

"왜, 알려 주면 찾아오려고? 그러지 마. 외진 곳이라 찾기 힘들어."

강원도와 경기도 경계에 있는 산골이고 자가용으로 두 시간, 관광버스로는 네 시간 넘게 걸리니 찾을 생각은 말라며 형이 못을 박았다. 복숭아를 따고 택배 보내느라 눈코 뜰 새 없었다는 말과 함께, 며칠 안에 형이 딴 복숭아를 받을 거라고도 덧붙였다. 석우는 할머니가 당장 수술하지 않으면 걷기 힘들 수도 있을 만큼 심각한 상태라는 말은 꺼내지도 못했다. 낡은 싱크대를 짚고 일어설 때마다 앓는 소리를 내는 할머니를 못 본 척한 처지에 그런 말을 하기는 낯 뜨거웠다.

"공기 좋은 데서 몸 쓰는 일을 해서 그런가, 더 건강해지고 손도 많이 좋아졌어."

다친 손은 어떠냐는 석우의 말에 형은 자랑처럼 말했다. 거짓말일지라도 믿고 싶었다.

몇 달 전, 택배 상자들이 쏟아지면서 형의 어깨를 강타하는 사고가 있었다. 병원에서 정신을 차린 형이 제일 처음 물은 말은 다시 칼을 잡을 수 있겠느냐는 거였다.

요리사 자격증을 따자마자 형은 동대문 근처 호텔에 요리사 보조로 취직했다. 그러나 그해 코로나 때문에 형이 다니던 호텔도 직격탄을 맞았다. 곧 복직시켜 주겠다고 장담하던 호텔에서는 아무 연락이 없었다. 형은 생활비라도 벌겠다며 택배 회사에 다니기 시작했다. 형을 좋게 봤는지, 회사에서 보증을 서 줄 테니 탑차를 사고 정규직으로 들어오라는 제안까지 받았다. 그러면 수당이 늘어나 잘하면 지금보다 돈을 두 배쯤 더 벌 수 있을 거라고 했다. 하지만 형은 호텔의 말만 믿고 정중하게 그 제안을 거절했다. 그러다 사고를 당한 것이다.

의사는 재활 치료를 얼마나 열심히 하느냐에 달렸지만, 예전 기능을 회복하는 데는 생각보다 오래 걸릴 거라고 했다. 그 일로 형은 거의 제정신이 아니었다. 택배 회사에서는 비정규직이기 때문에, 또 사고를 충분히 피할 수 있었을 텐데도 그러지 않은 건 본인 과실이라며 산재로 처리할 수 없다고 우겼다. 결국 얼마간 모인 돈은 전부 치료비로 들어갔다. 그 와중에 형은 노동청에 진정서를 넣고 의료보험공단을 들락거렸지만 코로나라는 이유로, 비정규직이라는 이유로 번번이 헛걸음만 했다. 얼마 후 몸도 마음도 지칠 대로 지친 형이 쪽지 하나 없이 사라졌다. 그리고 어젯밤에 느닷없이 전화한 것이었다.

형은 상황이 좋아지면 조금이나마 돈도 부치겠다고, 그때까지 할머니 잘 모시고 있으라는 부탁을 했다. 겨우 열여덟 살에게 가장의 부담을 안기다니, 형의 미워할 수 없는 뻔뻔함에 석우는 머리를 쥐어뜯었다.

여름 방학 이튿날부터 석우는 상하차 알바를 시작했다. 겨우내 알바로 번 돈이 서서히 바닥을 보였기 때문이다. 두 식구뿐이지만 할머니 약값에다 이런저런 공과금, 식비까지 아무리 아껴 써도 감당하기 버거웠다.

멀리 물류 센터가 보이자 석우는 얼른 정신을 차리고 하차 벨을 눌렀다. 1분만 늦어도 오전 내내 갈궈 대는 작업반장을 생각하면 넌덜머리가 났다.

석우는 셔터를 올리고 물류 창고 안으로 들어섰다. 작업장이 이상하게 조용했다. 바지 뒷주머니를 더듬던 석우의 얼굴이 일그러졌다. 허둥대느라 휴대폰을 집에 두고 온 석우는 제 머리를 두어 번 쥐어박았다. 셔터 문 위에 걸린 시계가 6시 34분을 가리켰다. 후회해도 어쩔 수 없는 일이었다.

석우는 마른세수를 하며 휴게실 쪽으로 걸었다. 젖은 머리를 털며 화장실에서 나오던 아이가 석우를 보고 멈칫했다. 일주일 전에 새로 들어온 민구였다.

민구가 이곳에 처음 온 날, 석우는 단번에 민구를 알아봤다. 조금도 자라지 않은 키와 비쩍 마른 몸, 가느다란 눈매 때문에 착해 보이는 얼굴까지 예전과 별반 다르지 않았다. 민구는 중학교 3학년 때 겨울 방학을 두 달 앞두고 전학을 왔다. 다들 의아했지만 무슨 사정이 있을 거라고 생각했다. 얼마 뒤 민구 아빠가 구치소에 있다는 둥, 빚쟁이를 피해 도망 다닌다는 둥 온갖 소문이 돌았다. 민구가 없는 사람처럼 조용히 지내자 아이들의 관심은 차츰 줄었고, 소문도 이내 잠잠해졌다. 석우도 여느 아이들처럼 민구가 같은 반이라는 사실을 금방 잊었다.

무조건 일만 하게 해 달라는 민구를 보며 작업반장은 고개를 절레절레 저었다. 꼴을 보아하니 무작정 찾아온 모양이었다.

"여기 일은 네 몸으론 감당할 수 없어."

"시켜만 주시면 뭐든 할 수 있다니까요."

민구가 주위를 두리번거리더니 택배 상자들이 쌓인 집하장 쪽으로 달려갔다. 주위에 있는 직원들은 모두 한번 지켜보기나 하자는 눈빛이었다. 잠시 후, 민구는 20킬로그램짜리 쌀 포대 두 개를 어깨에 둘러메고 달려왔다. 비척거리는 걸음을 감추려는지 얼굴은 담뿍 미소 짓고 있었다. 석우는 웃음을 참느라 바닥을 찼다.

　"그래도 안 돼. 신원이 불확실한 사람을 들일 수는 없어. 나중에 꼭 문제가 되거든."

　작업반장의 거절에 민구의 얼굴이 벌겋게 달아올랐다.

　"저 고등학생이에요. 공부도 잘하, 아니 잘했고요. 한 번도 결석한 적 없어요."

　"그러니까 공부나 열심히 하지 이런 덴 왜 왔어?"

　작업반장의 말에 둘러선 사람들이 헛웃음을 터뜨렸다.

　"돈이 필요해서 그래요. 꼭 일하게 해 주세요. 야간작업도 할게요."

　"아무리 매달려도 소용없어. 신원이 확실해야 한다니까."

　"저기…… 저 친구가 같은 반이었어요. 맞지?"

　눈길을 피하려고 땅바닥만 흘깃대는 석우를 민구가 손으로 가리켰다.

　"석우야, 쟤가 널 안다는데 진짜냐?"

　옆에 서 있던 김 씨 아저씨가 석우의 어깨를 툭 쳤다.

"네. 같은 반 친구 맞아요."

석우의 대답에 민구의 입이 헤벌쭉 벌어졌다.

"거봐. 내가 뭐랬어? 나쁜 애는 아닌 것 같다고 했지?"

"석우 친구라는데 한번 일을 시켜 보지 그래요? 딱한 사정이 있는 것 같은데."

사람들의 부추김 때문인지 민구의 착한 얼굴이 먹혔는지, 작업반장은 마지못해 하루 일하는 걸 보고 결정하겠다며 반승낙을 했다.

"고마워. 긴가민가했는데 석우 네가 맞았구나."

"내 얼굴 봐서라도 열심히 해라."

"걱정하지 마."

석우 어깨에 팔을 걸치려던 민구는 머리 하나쯤 더 큰 석우를 보고 민망한 듯 웃었다. 그 뒤로 틈만 나면 친한 척하는 민구에게 석우는 내내 데면데면하게 굴었다. 패스트푸드점이나 카페 알바를 놔두고 이런 데까지 왔을 정도면 돈이 얼마나 급한지 물어보지 않아도 뻔했다. 그렇게 일주일쯤 석우는 민구와 함께 일했다.

"너 여기에서 잤냐?"

"그게…… 그렇게 됐어. 비밀로 해 줄 수 있지?"

민구가 수건을 목에 걸며 벙싯댔다. 러닝셔츠 틈으로 보이는 민구의 어깨가 벌겋게 부어 있었다. 택배 상자에 긁히

거나 무게에 짓눌려서였다. 흔한 일인데도 그 모습에 석우는 마음이 짠했다. 민구의 가냘픈 체구로 버티기에 일이 버거웠을 터였다. 탑차에서 내린 택배 상자들을 집하장에 쌓는 일은 시작에 불과했다. 택배 상자를 컨베이어 벨트에서 분류해 탑차에 다시 실어 나르는 상하차 알바는 '극한 알바', '헬(Hell) 알바'로 불렸다. 게다가 분류 작업을 할 때는 한눈팔지 않고 신경을 바짝 곤두세워야 했다. 컨베이어 벨트의 속도가 빨라 손이라도 끼면 큰 사고로 이어지기 때문이었다.

"맨입으로?"

석우가 콧마루를 실룩였다.

"그래 줄 거면서 튕기기는."

쫄레쫄레 따라오는 민구를 피하려는 듯 석우의 발걸음이 빨라졌다.

늦은 아침으로 주문한 짜장면이 도착했다. 민구는 석우 앞으로 택배 상자를 밀어 주고 자기도 택배 상자를 깔고 앉았다. 퉁퉁 불은 짜장면이었지만, 합판이라도 씹어 먹을 만큼 배가 고팠다. 막 입에 넣으려는 순간 민구가 석우 그릇에 국수 몇 가락을 덜었다.

"더럽게 왜 이래?"

"아침도 못 먹었을 거 아냐."

"그러는 넌?"

"난 새벽에 컵라면 먹었거든."

석우는 허겁지겁 짜장면을 욱여넣었다. 빨리 먹어야 뻣뻣해진 어깨라도 풀 시간을 벌기 때문이었다.

민구가 빈 그릇을 치우고 있을 때, 작업반장의 새된 목소리가 들려왔다.

"어제 야간 분류 작업한 사람이 누구야?"

"전데요."

민구가 잔뜩 긴장한 얼굴로 일어났다. 쭈뼛대는 민구에게 작업반장이 눈을 치켜떴다.

"김 씨 물건이 바뀌었다는데 어떻게 된 거야?"

"그럴 리가 없는데요. 꼼꼼히 하나씩 다 확인했어요."

"그럼 물건이 제 발로 걸어가서 김 씨 탑차에 올라탔다는 거야? 이래서 신입은 안 된다니까."

작업반장이 목소리를 높였다. 민구는 절대 그럴 일 없다며 억울해했다. 사실 이런 일은 흔하게 벌어지는 터라 석우는 작업반장이 트집 잡는다는 생각까지 들었다.

"얼른 담당자한테 전화해 봐. 오늘까지 물건 못 받으면 반품으로 끝내지 않을 거라고 협박했다는데, 잘못하다가는 거래처가 날아갈지도 몰라."

"그게 어딘데요?"

쩔쩔매는 민구를 힐끗거리며 석우가 물었다.

"대유통신."

"또 거기예요?"

석우 입에서 바람 빠지는 소리가 나왔다. 컴퓨터 부속 자재와 휴대폰을 판매하는 대유통신의 택배 물품은 부피가 작으면서도 고가인 데다 착불이 많아 골칫거리였다. 구매자 대부분이 젊은 사람들인데, 배달처 주소는 집으로 적고 정작 다른 곳에 있는 경우가 다반사였다. 그럴 때마다 착불 요금을 받기가 쉽지 않다고 기사들은 불만을 터뜨렸다. 한마디로 배보다 배꼽이 더 큰, 돈 안 되는 진상 고객이었다. 진작부터 거래를 끊자고 건의했지만 사장은 끄떡도 하지 않았다. 이렇게 끊고 저렇게 끊으면 월급이나 제대로 가져갈 수 있겠냐는 이유였다.

"꾸물댈 시간이 없을 텐데……. 해결 못 하면 오늘 일당은 없을 줄 알아."

작업반장의 말에 민구는 얼굴이 하얗게 질렸다. 오늘 안으로 택배 상자를 찾지 못하면 그동안 번 돈을 위약금으로 뱉어 내야 할 판이었다.

'탑차 실을 때 옆 사람 물건과 헷갈릴 수도 있잖아요?'

모든 잘못을 민구 탓으로 돌리는 듯해 열불이 났지만, 석우는 감정을 애써 눌렀다.

사무실에서 담당자의 연락처를 받아 온 민구는 휴대폰에 머리를 박았다.

"저, 민구인데요……. 혹시 물건 중에 신흥 5구역 물건이 섞여 들어갔는지 찾아봐 주시면 안 될까요?"

"퇴근 전까지 물건을 다 돌려야 하는데 그럴 시간이 있겠냐?"

전화 저편에서 고함 소리가 터져 나왔다. 민구의 사정을 귀담아들어 줄 기사들이 있을 리 만무했다. 문제의 택배 상자를 찾으려면 탑차에 실린 물건을 일일이 다 뒤져야 하니, 번거롭고 시간을 빼앗는 일이었다. 민구는 연신 고개를 조아리며 지치지 않고 전화를 돌렸다.

6시가 됐는데도 열기가 꺾이지 않았다. 택배 물량이 몰리는 철이라 일이 끝도 없었다. 대형 선풍기는 더운 바람을 토해 냈고, 아무리 땀을 닦아도 끈적거림과 불쾌감은 가시지 않았다.

잠시 짬이 나 한숨 돌리려고 석우가 허리를 폈다.

"물건 찾았어. 먼 곳이라 내가 직접 배달해야 할 것 같아."

"생각보다 빨리 찾았네. 진짜 다행이다."

땀이 번질거리는 이마를 손등으로 닦아 내며 민구는 히죽 웃었다.

"부탁이 있는데…… 들어줄 수 있어?"

"부탁?"

석우가 뜨악한 얼굴로 되물었다.

"누굴 좀 만나기로 해서……. 네가 대신 가 주면 안 될까?"

"약속을 미루면 되잖아."

"그 애랑 전화가 안 돼."

"만약에 갔는데 그 애가 안 나타나면 나만 뻘쭘하잖아. 우리 할머니가 그러는데, 인연이면 어떻게든 다시 만나게 된대."

귀찮은 일에 휘말릴 것 같아 석우는 발뺌부터 했다.

"그게…… 오늘이 아니면 다음은 없어서 그래."

민구는 봉투를 만지작거리며 뭉그적댔다. 석우가 별 반응이 없자 민구는 처음이자 마지막 부탁이라는 둥, 한목숨 살리는 일이라는 둥 애걸복걸했다. 그 아이가 아빠와 경찰의 추적을 피해 휴대폰을 꺼 두고 있고, 자기가 갈 때까지 밤새 기다릴지도 모른다는 말에 석우는 마음이 흔들렸다.

"왜, 나쁜 짓이라도 했어?"

"절대 아냐. 얘기하자면 좀 긴데……."

"됐다. 알고 싶지 않아. 이것만 전해 주면 되는 거지?"

민구는 더 말하려다 입을 닫았다. 여자아이가 기다릴 거라는 상가는 석우네 집에서 두 정거장 거리에 있었다. 고맙다는 말을 열 번도 넘게 한 민구는 10분 뒤에 오는 차를 타야 한다며 허겁지겁 달려 나갔다.

*

　아빠가 폭력을 휘두르기 시작한 건 코로나로 식당 운영이 힘들어지면서부터였다. 순대국밥집이 TV에 나와 유명해지자 아빠는 시내에 분점을 연다며 여기저기 뛰어다녔다. 대출을 끌어모아 차린 분점의 개점을 코앞에 두고 코로나가 닥쳤다. 몇 달만 버티면 끝날 줄 알았던 코로나는 도무지 물러날 기미가 보이지 않았다. 하루라도 빨리 분점을 정리하자는 엄마의 말에, 아빠는 무자비한 폭력으로 대답했다.

　"난 바짝바짝 말라 가는데 마누라는 재수 없는 소리나 해 대고! 어떻게든 살아 보겠다고 바둥대는 사람이 이 집에 나 말고 누가 있어! 누구 덕에 이만큼 사는데!"

　미련하다는 둥, 눈치 없고 속 터지게 한다는 둥, 아빠는 갖가지 이유로 엄마를 손찌검했다. 혜나는 아빠의 폭력을 견뎌 내는 엄마에게도 화가 났다.

　대출금 이자에다 다달이 고정적인 임대료에 종업원 월급까지, 감당해야 할 돈은 고스란히 빚으로 돌아왔다. 아빠가 휘두르는 폭력의 간격은 점점 짧아졌고, 마침내 오빠와 혜나에게까지 뻗쳤다. 그해 오빠의 대학 불합격은 아빠의 폭력에 좋은 빌미가 되었다.

"먹고 자고 공부만 하라는데 그것도 못 해?"

아빠의 폭력은 반찬 투정을 한다고, 빨래통 밖으로 양말이 튀어나왔다고, 휴대폰을 자주 본다고, 온갖 이유를 달아 강도를 더해 갔다. 언제부터인지 혜나는 아빠의 벌건 얼굴만 봐도 가슴이 벌렁거렸다. 집에 들어가기가 점점 죽기보다 싫었다. 오빠가 대학에 붙었더라면 아빠의 폭력은 멈췄을까?

기말고사가 끝난 날, 혜나는 집을 나왔다. 처음부터 작정한 가출은 아니었다. 들고나온 돈이 떨어지면 들어갈 생각이었다. 반년 넘게 모은 돈은 2주도 안 돼 바닥났다. 집으로 돌아가는 생각만 해도 가라앉았던 생채기가 되살아났다. 온몸이 쑤시고 진땀이 났다.

마지막 머무른 찜질방에서 만난 아이를 따라 혜나는 전단지 알바를 했다. 잠자리와 두 끼 식사를 간신히 해결할 정도였지만 밥은 맛있고 온돌바닥은 침대보다 더 푹신했다. 찜질방에서 지갑을 잃어버렸을 때도 집으로 돌아갈 생각은 하지 않았다.

그러나 학생증이 없어 알바를 할 수 없게 될 줄은 예상하지 못했다. 아무리 고등학생이라고 말해도 사장은 믿지 않았다. 그 점을 이용해 알바비를 반으로 깎기도 했고 아예 주지 않는 곳도 있었다. 그래도 맞아 죽느니 굶어 죽는 편이 나았다.

밤 10시가 넘은 시간이었다. 온종일 걸었더니 걸음조차 뗄 수 없을 만큼 몸이 무거웠다. 골목 끝 편의점에서 번져 나오는 불빛이 따뜻해 보였다. 편의점 앞 테이블 위에 머리를 대자 눈이 절로 감겼다. 얼마나 지났을까? 혜나는 어깨에 닿는 손길에 놀라 흠칫 깨어났다.

"이거 먹고…… 끝날 때까지 기다려 줄래?"

편의점 마크가 새겨진 조끼를 입은 아이가 혜나에게 삼각김밥과 컵라면을 내밀었다. 라면 냄새에 혜나는 머릿속이 아득해졌다. 그 아이가 바로 민구였다.

"먹어도 돼?"

혜나의 물음에 민구는 고개를 끄덕였다.

컵라면은 적당히 불어 있었다. 혜나는 눈을 감고 라면 냄새를 깊이 들이마셨다.

"집 나온 지 얼마 안 됐지? 갈 데도 없고?"

혜나는 들었던 컵라면을 슬며시 내려놓았다. 혜나의 행동에 민구는 자기도 집을 나왔다며 오해 말라고 손을 내저었다. 한 시간쯤 뒤에 알바를 마치고 나온 민구는 잘 곳을 소개하겠다며 같이 가자고 했다. 가출팸인가 싶어 걱정됐지만 달리 선택의 여지가 없었다. 낌새가 이상하다 싶으면 도망

치지, 뭐. 혜나는 어깨를 으쓱했다.

숙소로 가는 동안 민구는 평일에는 편의점에서, 주말에는 웨딩홀에서 알바를 한다고 이야기했다. 같이 알바하는 누나들이 까다롭다 싶을 만큼 방역에 철저하니까 걱정하지 말라며 넘겨짚어 말하기도 했다. 혜나는 처음 보는 사람에게 시시콜콜 개인사를 털어놓는 민구가 이상하게 믿음직스러웠다.

"난 얼른 스무 살이 되고 싶어."

"왜?"

"미안하다는 말 듣기 싫어서. 그 나이가 되면 엄마도 내 돈을 좀 더 편하게 받지 않을까. 동생도 더 든든하게 지킬 수 있고."

혜나는 민구가 무슨 사연으로 가족과 헤어져 사는지 더 캐묻지 않았다.

민구 말처럼 쉼터 상담사는 친절했다. 몇 가지를 적고 나서 상담사는 혜나를 방으로 안내했다. 그날 밤 혜나는 오랜만에 편하게 잤다.

경찰을 앞세우고 아빠가 나타난 것은 이튿날 저녁 무렵이었다. 혜나는 아침에 쉼터에서 받은 용돈으로 편의점에서 민구에게 맛있는 것을 사 줘야겠다고 생각하고 있었다.

"혜나 학생, 상담실로 내려오세요."

"네. 머리 좀 말리고 바로 내려갈게요."

전화를 끊자마자 혜나는 바로 뒷문으로 빠져나왔다.

골목을 벗어나는 내내 방금 엿본 아빠의 얼굴이 지워지지 않았다. 아빠는 야누스였다. 손님들, 직원들, 오다가다 마주치는 동네 사람들에게는 더없이 친절하고 다정했다. 오빠가 어떤 대학에 갔냐고 사람들이 물으면 아빠는 "저를 닮아서 공부머리가 없나 봅니다, 하하하." 하고 웃어넘겼다. 폭군의 얼굴을 감추고 세상 좋은 미소를 짓는 아빠를 볼 때마다 혜나는 소름이 돋았다.

버스 정류장에 도착한 혜나는 막 출발하려는 버스에 무작정 올라탔다. 이른 저녁이라 버스 안은 한산했다. 맨 끝자리에 앉고서야 혜나는 가쁜 숨을 몰아쉬었다.

민구

> 8시에 신촌 롯데리아에서 만나.
> 메시지 확인하는 대로 바로 꺼.

스무 통의 부재중 전화와 민구의 메시지를 확인한 혜나는 가슴이 졸아들었다. 쉼터에서 보호 청소년의 전화번호를 경찰서에 통보한다는 걸 왜 생각 못 했을까? 경찰이 혜나의 위치를 알아내는 건 시간문제였다. 에어컨 바람이 몸에 닿자 오싹하다 못해 머리끝이 쭈뼛 섰다. 혜나는 버스를 두 번이나 갈아타고 신촌에서 내렸다.

혜나는 패스트푸드점 2층 한구석에 자리를 잡았다. 배가 고픈데도 감자튀김에 손이 가지 않았다. 민구를 보면 왜 자기를 쉼터로 데려갔냐며 한바탕 퍼부어야겠다고 다짐했던 마음은 이내 사그라들었다. 아빠가 실종 신고를 하리라고 예상하지 못한 자기 탓이라는 생각에 목이 바짝바짝 탔다. 김이 빠진 콜라는 밍밍했다.

8시 5분 전에 민구가 2층 계단을 뛰어 올라왔다.

"너희 아빠가 상담사 누나한테 누가 널 쉼터로 데려왔냐고 물으셨대. 나라는 걸 알고 나서는 내가 일하는 곳을 밝히지 않으면 쉼터를 고소하겠다고 했나 봐. 누나가 개인 정보라 알려 줄 수 없다고 버티고는 있지만……. 일이 이렇게 돼서 미안하다."

"그게 왜 네 책임이야? 아빠가 그럴 거라고 생각 못 한 내 잘못이지."

"……이제부터 같이 다니자."

"내가 너랑 왜? 이젠 내 일에 끼어들지 마."

혜나는 벼룩도 낯짝이 있지, 어떻게 그렇게까지 바라겠느냐는 뒷말을 삼켰다.

"밤거리가 얼마나 무서운 줄 알아? 너처럼 순진한 애가 버틸 만한 데가 아니야."

민구가 펄쩍 뛰었다. 얼굴까지 벌겋게 달아오른 민구를 보자 혜나는 마음이 차분히 가라앉았다.

"내 앞가림은 내가 알아서 할게. 나랑 다니면 너만 힘들어져. 그냥 쉼터로 돌아가. 나를 못 봤다고 하면 경찰도 아빠도 어쩌지 못할 거야."

"갈 데는 있어? 아니, 돈은 있고?"

무슨 말을 하려다 혜나는 고개를 떨군 채 휴대폰을 만지작거렸다.

"거봐. 내 책임도 있으니까 다른 방법을 찾아보자."

"웬 오지랖? 근데 넌 내가 가출한 이유를 왜 한 번도 묻지 않는 거야?"

"오죽하면 집을 나왔겠어. 말하고 싶을 때 하면 되지, 그게 뭐 중요한가?"

그날부터 혜나와 민구는 함께 다녔다. 더 이상 휴대폰을 켤 수 없어서, 아침에 헤어졌다가 저녁에 시간을 정해 만났다. 피시방에서 알바 사이트를 뒤져 주방 설거지 알바든 배달 알바든 닥치는 대로 했다. 일하는 날보다 일 없는 날이 더 많았다. 휴대폰을 쓸 수 없어 더 불편했다.

그 와중에 민구는 엄마에게 보낼 돈을 버느라 더 바빴다. 코로나 때문에 일자리를 잃은 민구네 엄마와 동생이 단칸방에 살고 있다는 사실도 알게 되었다. 코로나가 퍼지기 시작한 이듬해부터 민구는 생활비를 벌기 위해 닥치는 대로 일했다. 혜나는 그런 민구가 한편으로는 안쓰럽고 한편으로는 든든했다. 아무리 힘들어도 민구와 함께 있으면 견뎌 낼 수 있을 것 같았다.

하지만 아무리 마음을 다잡아도 혜나와 민구는 점점 지쳐 갔다. 세상은 둘에게 친절하지 않았다.

겨우 하룻밤 묵을 방을 구한 날이었다. 내내 우물쭈물하던 민구가 혜나에게 말했다.

"너만 여기에서 자. 난 할 일이 있어서 피시방에 갈게."

"나도 같이 가. 날씨도 좋잖아. 일부러 캠핑도 하는데, 뭐."

혜나가 해죽대며 민구 옆에 바짝 붙어 섰다. 집에 송금한 지 얼마 안 된 터라 민구는 돈이 별로 없었다. 민구가 뒤통수를 긁적이며 어설프게 웃었다.

그렇게 거리 생활이 시작됐다. 한강 둔치에서 컵라면과 참치김밥을 먹을 때는 남들 눈에 연인처럼 보이겠다며 낄낄대기도 했다. 전철 단속반 아저씨에게 걸려 쫓기기도 했고, 가출팸 패거리에게 위협을 받기도 했다. 혜나는 자기가 민구의 발목을 잡고 있는 것만 같아 마음이 불편했지만, 의지할 수 있는 사람이라곤 민구뿐이었다.

거리 생활을 한 지 열흘이 되던 날이었다,

"더는 안 되겠어. 난 개학 전에 쉼터로 돌아가야 해. 네가

안심하고 지낼 수 있는 방부터 구하고 휴대폰도 새로 개통
하자."

보증금 없는 월세방을 구하고, 돈도 더 모아 놔야겠다며
민구는 자기가 갖고 있던 돈을 죄다 혜나의 백팩에 집어넣
었다. 그러고는 넉넉잡아 열흘만 버티라고, 밤에는 절대 돌
아다니지 말라고 몇 번이나 다짐을 받아 냈다. 민구가 도망
친다 해도 원망할 일이 아니었다. 쉼터로 데려갔다는 이유
때문에 민구를 마냥 붙잡아 둘 수는 없었다. 밤마다 혜나는
민구가 돌아오기를 바라는 건 염치없는 생각이라며 스스로
를 달랬다.

*

홍대 골목을 누비던 혜나는 근처 대학교의 학생 식당으
로 들어갔다. 드디어 민구를 만나기로 한 날이었다.

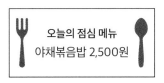

식권 자판기 앞에 선 혜나는 최대한 천천히 백팩을 뒤졌
다. 대학생이 아니라는 게 들킬까 봐 혜나는 가슴이 오그라
들었다.

혜나는 천 원권의 구겨진 모서리를 꼼꼼하게 폈다. 무사히 지폐가 들어가고, 배출구에서 나오는 식권을 보자 한숨이 절로 나왔다. 훨씬 차분해진 마음으로 식판을 챙겨 들고 플라스틱 함에 식권을 집어넣었다.

"많이 주세요."

혜나는 식판을 내밀며 한껏 목소리를 낮췄다.

"학생, 잔반 남기면 안 돼요."

식당 아주머니가 볶음밥을 한 주걱 가득 그릇에 얹으며 말했다.

'다음엔 민구랑 같이 와야지.'

혜나의 입꼬리가 살짝 올라갔다.

민구와 만나기로 한 빌딩은 버스 정류장에서 한참 떨어진 사거리 근처에 있었다. 1층에 분식점, 부동산, 세계 과자 할인점이 있는 건물이었다. 혜나는 경비실을 힐끔 보며 안으로 들어갔다. 들킬 일도 없는데 괜히 몸이 움츠러들었다.

철문이 삐걱 소리를 내며 한참 만에 밖을 드러내 보였다. 흐릿한 불빛 아래 모습을 드러낸 옥상은 더 을씨년스러웠다. 혜나는 난간에 몸을 기댔다. 길 건너 먼 산자락에서 내려온 어둠이 아파트 단지를 지나 도로 위에 깔리고 있었다. 그 위로 헤드라이트를 밝힌 자동차 행렬이 끊겼다 이어지기를 거듭했다.

혜나는 전원이 꺼진 휴대폰을 들여다봤다. 민구에게 어디쯤 왔는지 물어보고 싶었지만 참아야 했다. 휴대폰이 켜지는 순간 상가 위치가 경찰에 노출될 것이고, 10분도 안 돼 아빠에게 연락이 갈 것이다.

도시의 불빛이 흐려지는 걸 느끼며 혜나는 눈가를 힘껏 눌렀다. 그때 시커먼 물체가 혜나 옆을 빠르게 지나갔다. 바퀴벌레였다. 터져 나오는 비명을 막으려고 혜나는 입을 틀어막았다.

'누가 다녀간 티가 나면 안 되는데.'

혜나는 운동화를 신은 발로 바퀴벌레를 마구 밟았다. 상가 사람들이 쟁여 놓은 잡동사니 사이에서 진격의 용사처럼 바퀴벌레들이 출몰했다. 이곳에서 여러 밤을 보낸 적이 있지만, 바퀴벌레는 도무지 적응되지 않았다. 무서워서도 징그러워서도 아니었다. 어쩐지 자기도 바퀴벌레처럼 남의 주거지에 빌붙어 사는 존재가 된 것 같아서였다.

에어컨 실외기 소리 사이로 발소리가 들렸다. 혜나의 가슴이 쿵쾅댔다. 불빛을 등지고 누가 성큼성큼 다가왔다. 민구가 아니었다. 숨통이 막힐 것만 같아 눈물이 찔끔 났다.

"네가 혜나야?"

발밑에 늘어진 그림자는 민구보다 훨씬 덩치가 컸다.

"조민구 몰라? 심부름 왔는데."

그 사람의 목소리에서 짜증이 묻어났다. 경찰은 아닌 듯했다. 민구라는 이름을 듣는 순간 혜나는 가슴을 쓸어내렸다.

"민, 민구는……?"

"갑자기 급한 일이 생겨서 어디 좀 갔어. 집이 이 근처라 내가 전해 주겠다고 했고."

가까이 다가오자 불빛에 얼굴이 드러났다. 또래로 보이는 아이는 빠르게 대답하고는 봉투 하나를 내밀었다.

"민구한테 무슨 일 있어? 어디 다친 건 아니지?"

"다친 건 아냐. 민구가 이번 일요일에 보자고 하더라. 그럼 난 간다."

다른 말을 물어볼 겨를도 없이 아이는 등을 보이며 옥상을 나갔다. 뒤늦게 쫓아갔지만, 그 아이는 보이지 않았다. 봉투 안에는 돈이 들어 있었다. 며칠만 기다리면 민구를 볼 수 있다는 생각에 졸였던 마음이 먹물처럼 풀렸다.

*

며칠째 민구가 나오지 않았다. 얼굴을 보지 못하니 석우는 민구에게 심부름을 했다는 말도 못 했다. 민구에게 여러 번 전화도 걸어 보았다. 처음에는 고객님의 사정으로 전화를 받을 수 없다는 안내 말이 나오더니 그제부터는 없는 번호라고 했다.

"그날 민구가 직접 배달한 거 맞대요?"

석우가 물을 때마다 작업반장은 눈에 쌍심지를 켰다.

"최신형 폰이었다는데 혹시 그걸 들고 뛴 거 아냐?"

"이래서 뜨내기들은 받으면 안 된다니까……."

"알바비도 안 받아 갔으니 뭔가 쏙싹한 게 아닐까요?"

전화번호가 바뀌었는지 연락이 안 된다는 김 씨 아저씨의 말까지 보태지자 사람들은 온갖 억측을 쏟아 냈다.

"민구, 그런 애 아니에요. 사람이 안 나오면 어디 아픈지, 무슨 일이라도 생겼는지 걱정하는 게 먼저 아니에요?"

석우의 목소리가 날이 섰다. 민구를 두둔할 생각은 없었다. 적은 수당을 받고도 묵묵히 일하고, 귀찮고 자잘한 심부름을 도맡아 하던 민구였다. 부려 먹을 때는 언제고, 있는 말 없는 말 함부로 지어내는 어른들에게 화가 났다.

"민구는 군말 없이 했는데 넌 뭘 믿고 뻗대는 거냐?"

이런 말을 들을 때면 민구랑 동급으로 취급받는 것 같아 열불이 나기도 했다.

민구 자리에 들어온 아저씨는 사사건건 참견에다 세상에 불만이 많았다. 석우에게도 "요즘 것들은 버릇이 없다니까." 라며 군소리를 자주 했다.

허브 센터에서 돌아온 차들이 하나둘 들어왔다. 석우가 분류 작업을 하려고 일어설 때 휴대폰이 부르르 떨렸다.

"혹시 갑분 할머니 알아요?"

"우리 할머니인데, 누구세요?"

전화기 너머로 들리는 목소리는 앳된 티가 났다. 쓰러진 할머니를 처음 발견한 사람인데, 지금 응급실로 가는 중이라며 올 수 있는지 물었다.

"많이 다쳤어요?"

"조금요. 언제 올 수 있어요?"

"지금 출발할게요. 제가 갈 때까지 우리 할머니 좀 부탁해요."

형한테 전화할까 말까 망설이다 그만둔 석우는 버스에서 전철로, 다시 마을버스로 갈아타고 병원에 도착했다.

응급실 앞은 마스크를 쓴 의사와 간호사, 사람들로 북적거렸다. 직원에게 얘기했더니 간이 병실 쪽을 가리켰다.

할머니는 창가 쪽 침대에 누워 있었다. 전화를 걸어 온 사람은 보이지 않았다.

"할머니, 할머니!"

"난 괜찮다. 많이 놀랐지?"

"어쩌다 이렇게……. 또 일하러 나갔던 거 아니죠?"

석우의 목소리가 커졌다가 가라앉았다. 할머니는 별일 아니니 걱정하지 말라는 말만 되풀이했다. 붕대를 단단히 동여맨 할머니의 발목에 손을 댄 석우는 울컥하며 눈물이 핑

돌았다.

"방금까지도 있었는데 어디 갔지? 그 학생 아니었으면 큰일 날 뻔했다고 의사 양반이 그러던데……."

할머니 시선을 따라 석우도 덩달아 주위를 두리번거렸다.

"형한테는 연락하지 마라. 이제 마음 잡은 것 같던데 괜히 걱정시키지 말고. 알았지?"

"전화 안 했어요."

잘했다며 할머니가 석우의 손을 잡았다. 할머니 손은 마디가 툭툭 불거지고 까슬까슬했다. 얼굴조차 가물가물한 아빠와 엄마 대신 두 형제를 키우며 보낸 시간이 새겨져 있었다. 석우는 가슴이 찡했다.

"할머니, 손자 왔어요?"

병실에 들어서며 소리치는 아이와 눈이 마주친 순간, 석우는 의자에서 벌떡 일어났다. 며칠 전에 본 혜나였다. 어쩐지 전화 목소리가 익숙하더라니…….

"민구 친구, 맞지? 민구랑 연락해? 난 안 되던데……. 발신 제한 번호라서 안 받는 거겠지?"

혜나는 연달아 질문을 퍼붓고는 석우를 쳐다보았다.

"그다음 날부터 회사에 안 나와. 난 너랑은 연락하는 줄 알았는데……."

"둘이 아는 사이냐?"

할머니가 둘의 눈치를 살피며 물었다.

"같이 일했던 친구랑 아는 사이예요. 혜나라고 그랬지?"

혜나가 고개를 끄덕였다. 할머니가 손짓하자 혜나가 침대 가까이 다가섰다.

"간호사 말이, 119에 신고하고 여기까지 데려온 사람이 학생이라면서? 고맙구먼. 아침부터 아무것도 못 먹었을 텐데 배고프지?"

"괜찮아요."

"우리 석우랑 아는 사이라니 세상 참 좁네. 나중에 집에 놀러 오면 맛있는 거 많이 해 주마."

혜나와 석우의 눈이 마주쳤다. 사람들이 오가는 소리, 커튼을 치는 소리, 낮은 울음소리, 누군가를 부르는 소리……. 공간을 가득 채우는 소리 덕분에 어색함이 가시는 듯했다.

"일단 나가서 얘기하자."

잠시 병실 밖으로 나온 두 사람은 주차장 앞 공터까지 걸어갔다.

"도대체 어떻게 된 거야? 할머니 일 말이야."

"그날 10시까지 기다렸는데 민구를 못 만났어. 그러다가 근처에 산다는 네 말이 기억나더라. 널 만나면 소식을 들을 수 있을 것 같아서 며칠 동안 쑤시고 다녔지, 뭐."

"어디 사는 줄 알고?"

"전화는 안 받고, 달리 방법이 없더라. 널 찾아야겠다는 생각밖에 안 들었어. 저녁에는 버스 정류장에서 기다리고, 낮에는 여기저기 하염없이 돌아다니고."

"참 어이없다."

"가진 게 시간밖에 없으니까……."

머쓱했는지 혜나가 입을 비죽였다.

"오늘은 너희 동네까지 갔는데, 어떤 할머니가 쪼그리고 앉아 계신 거야. 어디 불편하신가 싶었지. 그냥 지나가려는데 할머니가 일어서다가 갑자기 앞으로 고꾸라지셨어. 다리도 그때 다치신 것 같아."

"고마워. 네가 없었으면 큰일 날 뻔했어."

"의사 선생님이 그러는데, 골절보다 당뇨병이 더 문제라더라. 지금부터 조심하지 않으면 뇌졸중까지 올 수 있대."

"그 정도인 줄은 몰랐어."

석우의 착 가라앉은 목소리 때문인지 혜나가 부러 더 밝게 말했다.

"민구랑 연락할 방법은 없겠지?"

"무슨 일이 있는 것 같긴 한데……. 약속을 어길 애는 아니잖아."

"그렇지? 민구는 착하니까."

석우는 빙 돌아 다시 병실로 돌아왔다. 석우가 안으로 들어가자 의사가 할머니 침대 쪽으로 다가왔다. 석우는 할머니 등을 가만히 흔들었다.

"골절된 뼈가 다 붙을 때까지 옆에서 식사도 챙기고 보살펴 드릴 사람이 있어야 하는데, 부모님은 언제 오시죠?"

석우가 쭈뼛거리자 할머니가 얼른 말을 가로챘다.

"우리 손자는 학교 가야 하고……. 이까짓 다리야 조심하면 되니 혼자 지낼 수 있다우."

의사가 할머니를 내려다보며 곤혹스러운 표정을 짓더니, 차트를 들춰 보며 목소리에 힘을 주었다.

"할머니, 발목은 시간이 지나면 나아지겠지만 문제는 당뇨입니다. 당장 혈당 수치를 잡지 않으면 뇌졸중으로 발전할 수도 있어요. 그게 뭔지는 아시죠? 당뇨 합병증은 가볍게 넘길 일이 아닙니다."

"당뇨라면 밥 먹는 것만 조심하면 되지 무슨 대수라고."

"아드님은 언제 오세요? 이런 얘기는 보호자와 해야 할 것 같은데……."

"제가 보호자예요. 저한테 말씀하시면 돼요. 형은 멀리 있어서 올 수 없거든요."

석우의 말에 사정을 대충 알아챘는지 의사는 간호사에게 눈짓을 하고는 다른 침대로 향했다. 간호사는 할 말이 있으니 석우에게 20분 뒤에 찾아오라고 했다.

"걱정하지 마라. 내가 조심조심할 테니 얼른 집으로 가자. 별일도 아닌 걸 가지고."

할머니가 왜 그러는지 빤히 아는 터라 석우는 속이 얹힌 듯 답답했다.

병실을 나서던 석우는 복도 끝에서 걸어오는 혜나를 보았다. 손에는 음료수 캔이 들려 있었다.

"인사나 하고 가려고……. 그런데 무슨 일 있어?"

"할머니를 간병할 사람이 필요한데……. 난 알바도 해야 하고, 좀 있으면 학교에도 가야 하잖아. 할머니는 돈 들여서 간병인을 부를까 봐 걱정하시는 것 같아. 퇴원하겠다고 자꾸 조르셔."

"그래……?"

신발 끝만 내려다보던 혜나가 고개를 들었다.

"퇴원할 때까지 할머니 간병, 내가 할게. 난 돈 같은 거 안 받아. 어때?"

"그게 가능해?"

"당연하지. 할머니한테는 물어보나 마나야. 내가 은근히 어른들이 좋아하는 스타일이거든."

혜나는 괜찮은 제안 아니냐며 이런 게 일석삼조라고 흐흐댔다.

"일석삼조?"

"나도 좋고, 할머니도 좋고, 너한테도 좋은 일이잖아?"

고맙긴 하지만 덥석 받아들이기에는 아직 혜나에 대해 아는 게 없었다. 석우는 머릿속이 뒤숭숭했다.

"그럼 내가 하겠다고 말씀드린다! 얼른 화장실부터 모시고 가야지."

석우가 우물대는 사이 혜나가 앞서 걸었다.

*

분류 작업이 끝나서 잠시 쉬고 있을 때였다.

"석우야, 전화 받아 봐라."

작업반장이 불쑥 휴대폰을 내밀었다. 여기에서 일했던 사람인데 석우에게 꼭 할 말이 있다는 문자가 와서 연결해 주는 거라고 했다.

"혜나 소식 들은 거 있어?"

잘못 들었나 싶어 석우는 휴대폰을 들여다보았다. 분명히 민구였다. 석우는 반가운 한편 심사가 뒤틀렸다.

"그렇게 걱정되는 놈이 이제야 전화하냐?"

"사정을 얘기하자면 길어. 반장님 전화번호 알아내는 데도 얼마나 힘들었는데. 진짜 혜나 소식 몰라?"

민구가 숨넘어가는 소리를 했다.

"정말 궁금해?"

"걔한테 무슨 일 생길까 봐 걱정돼서."

전화기 저쪽에서 쩔쩔매는 민구를 떠올리니 속웃음이 났다.

"일요일 1시까지 롯데리아로 나와."

"혜나가 거기서 일해?"

민구가 놀라 소리쳤다.

"와 보면 알아."

석우는 펄펄 뛸 혜나 생각에 기분이 좋아졌다.

퇴원이 결정된 뒤 혜나에게 같이 지내자고 먼저 말을 꺼낸 사람은 할머니였다. 석우는 혜나에게 집도 좁고 할머니랑 같은 방을 써야 한다는 말을 어렵게 꺼냈다. 그러자 혜나는 화장실에서 자도 괜찮다며 우스갯소리를 했다.

혜나와 같이 지내면서 할머니는 웃음이 많아졌다. 혜나는 새벽에 나가는 석우에게 우유를 건네고 할머니의 식사와 집안일을 챙겼다. 눈치를 보아하니 식당 알바도 하는 모양이었다. 힘들지 않으냐고 물으면, 혜나는 매번 다른 이유를 대며 괜찮다고 했다. 발 뻗고 자는 게 얼마나 기쁜 일인지 알게 됐고, 누구에게 도움이 되는 사람이 되어서 좋다고도 했고, 가끔은 자신이 꽤 괜찮은 사람 같아 뿌듯하다고 했다.

화장실에서 씻고 나오던 석우는 익숙한 라면 냄새에 코를 벌름거렸다.

"라면은 절대 안 된다더니."

"너는 라면 세 개가 기본이라며? 자기 때문에 덩달아 못 먹게 되었다고 할머니가 미안해하시더라. 일주일에 한 번은 괜찮을 것 같기도 하고."

"고마워서 눈물 나려고 한다."

"당연히 고마워해야지. 할머니가 모든 일에 감사해야 한다고 그러셨어. 김치는 어때? 맛있지?"

입을 우물거리며 석우는 고개를 끄덕였다. 배추김치는 적당히 익어 아삭했다. 할머니가 도와주긴 했지만 김치를 처음 담가 봤다며 혜나가 어깨를 으쓱했다.

마른걸레질을 하던 할머니가 슬그머니 끼어들었다.

"하는 일마다 어찌나 야무진지……."

할머니가 가리킨 냉장고 문에는 '당뇨 식단표'가 붙어 있었다.

"운동을 못 하니까 잘 드셔야 하잖아요. 아직 제대로 된 음식은 못 만드는걸요."

"아니다. 내 입에는 딱 맞아. 아빠가 식당을 한다더니 솜씨를 물려받았나 보다."

라면 국물을 마시려던 석우의 손이 멈칫했다.

"너희 집 식당 해?"

"순대국밥집. 텔레비전에도 나왔었어."

혜나 성격이 싹싹하니 할머니와 많은 얘기를 했으리라고는 예상했지만 뜻밖이었다.

"무슨 사연인지 모르겠다만 오래오래 여기 있으면 좋겠는데, 석우 생각은 어떠냐?"

"저야 좋죠. 혜나, 넌?"

"난 들어올 때부터 쫓아낼 때까지 딱 붙어 있을 생각이었어요, 헤헤헤."

석우가 내민 주먹에 혜나가 주먹을 마주 댔다.

*

석우 뒤로 따라 들어오는 민구를 보고 혜나의 몸이 바짝 굳었다. 민구도 놀란 듯 정지 화면이 되었다.

"어디 있었어? 내가 얼마나 찾았는데."

"미안해. 사정이 좀 있었어."

변명하듯 민구가 뒷머리를 긁적였다.

"누가 보면 남매 상봉인 줄 알겠다. 언제까지 그러고 있을 거냐? 빨리 들어와."

두 사람을 보며 석우가 짓궂게 놀렸다.

"저렇게 좋아하는 걸 보니 혜나가 찾던 그 애인가 보네. 어여 들어와라."

한쪽 다리를 주무르던 할머니를 보고 민구가 공손히 인

사했다.

탁자에 둘러앉자마자 혜나가 닦달하듯 물었다.

"왜 그날 안 왔어?"

"그날 택배를 전해 주고 돌아오는 길에 동생한테 전화가 왔어. 싸우는 소리도 들리고……."

"무슨 일이 있었구나?"

혜나의 낯빛이 어두워졌다. 민구는 사이다로 목을 축인 뒤 다시 말을 이었다.

"주인이 집을 비워 달라고 했나 봐. 지난겨울부터 엄마가 거의 일을 못 해서 보증금으로 버텨 왔거든."

민구는 이틀 동안 여기저기 샅샅이 뒤져 보증금 없는 월세방을 얻었다. 이사를 하고 동생의 전학 절차까지 끝내고 나니 일주일이 훅 지나갔다.

"그래도 전화는 했어야지. 혜나가 걱정 많이 했어."

"미안, 미안."

민구는 그런 와중에 휴대폰을 잃어버렸다. 그 바람에 전화번호를 알 방법이 없었다고 했다.

"혜나가 너랑 같이 있다니, 도대체 어떻게 된 일이야?"

민구가 묻자 혜나는 그간의 이야기를 풀어놓았다. 중간중간 석우도 거들었다.

"우리 엄마가 그랬거든. 악한 끝은 있어도 선한 끝은 없다고……. 난 처음부터 석우 네가 착한 놈이라는 걸 알아봤다니까."

민구가 석우의 목을 끌어안았다.

저녁 알바를 가야 한다며 민구는 서둘러 일어섰다. 혜나가 섭섭해하자 민구는 자주 연락하겠다는 말로 혜나를 안심시켰다.

민구가 돌아간 뒤로 혜나는 틈만 나면 석우네 형이 쓰던 낡은 컴퓨터 앞에 앉았다.

"뭘 그렇게 열심히 찾아?"

"괜찮은 월세방이 있나 해서……."

"왜? 나가려고?"

석우는 속마음이 들키지 않게 애써 담담한 투로 물었다. 혜나가 나간다고 해도 석우에게는 붙잡을 명분이 없었다.

"우리 좋자고 널 붙잡고 있을 수는 없지. 네 부모한테도 못 할 짓이고."

"무슨 말씀이세요, 할머니?"

혜나는 놀라서 책상 아래로 내려왔다.

"우리 집에서 나가겠다는 얘기인가 싶어서……."

"아니에요. 쫓아내기 전에는 절대 안 나간다고 했잖아요."

엄마랑 통화를 했는데, 자기가 집에 들어가면 어렵사리 이혼을 마음먹은 엄마의 결심이 무너질 것 같다며 울먹이자 할머니는 혜나의 등을 쓰다듬었다.

"그럼 월세방은 왜?"

"민구가 지낼 방을 좀 찾아보려고."

"쉼터에 있는 거 아니었어?"

"같은 방 쓰던 애가 가출팸을 만들었다고 자꾸 찾아오나 봐. 착해 빠져서 걔 구하겠다고 오지랖 떨까 봐 걱정되잖아."

며칠 전 석우가 일하는 편의점에 들렀을 때도 아무 말 없던 민구였다. 혜나에게는 시시콜콜 온갖 얘기를 다 하면서 자기에게는 거리를 두나 싶어 석우는 서운했다.

"저번에 집에 왔던 그 아이 말이지?"

할머니가 묻자 혜나 얼굴이 흐려졌다.

"이런 거밖에 도와줄 수 없어서 나도 답답해."

석우도 답답하기는 마찬가지였다. 그러자 할머니가 석우 방 쪽을 쳐다보며 말했다.

"석우 너만 괜찮다면 당분간 우리 집에 와 있으라고 하는 게 어떻겠냐?"

할머니의 갑작스러운 말에 석우는 어리둥절했다. 왜 그 생각을 못 했을까? 민구를 어쩌다 알게 된 아이, 길에서 우연히 마주친 아이 정도로 여겼던 게 아닐까? 석우는 목구멍에 걸린 가시가 쑥 빠진 기분이었다.

"할머니, 정말 그래도 돼요? 그러면……."

말 떨어지기가 무섭게 혜나가 할머니를 끌어안았다.

"난 괜찮은데 할머니는 괜찮아요?"

"우리가 그렇게 하면 농장 부부도 네 형에게 더 잘해 주지 않겠냐? "

석우는 할머니의 마음을 알 듯했다. 할머니는 늘 '베푼 공덕은 사라지지 않고 3대까지 미친다'는 말을 입에 달고 살았다.

"우리, 내일 민구 만나러 가자. 이런 말은 전화로 하기엔 좀 그래."

"난 좋은데, 넌 시간 괜찮아?"

석우가 달려들 듯 할머니를 끌어안았다.

"얘가 왜 이래. 남사스럽게."

말과는 달리 할머니의 눈은 웃고 있었다. 석우는 팔에 잔뜩 힘을 주었다. 세 사람의 웃음소리가 공기 속으로 점점이 퍼져 나갔다.

코로나가 언제 완전히 끝날지는 알 수 없지만, 석우는 왠지 이겨 낼 수 있을 것 같았다. 여전히 막막하고 해결해야 할 걱정거리도 많지만 예전처럼 마냥 절망하거나 우울해하지도 않으리라는 자신감이 생겼다. 서로에게 힘이 되고 걱정을 덜어 줄 존재가 생겼기 때문이다.

가족이 뭐 별건가. 가족. 오랫동안 깜빡 잊고 있었지만 낯

설지 않은 말이었다.

　반쯤 열린 문틈으로 할머니와 혜나의 웃음소리가 들려왔다. 석우는 서둘러 잠을 청했다. 새로운 가족을 데리러 갈 시간이 다가오고 있었다.

| 작가의 말 |

마스크 한 장을 구하려고 죽도록 고생한 석우의 이야기를 쓴
게 2년 전 일이다. 그때만 해도 열심히 마스크를 쓰고 사회적
거리를 지키며 조금만 조심하면 곧 코로나가 사라지리라는
기대가 있었다.

그런데 아니었다. 코로나 팬데믹은 순식간에 우리의 일상
을 망가뜨렸고, 다시는 마스크 쓰기 전으로 돌아갈 수 없다는
절망감이 커져 갔다. 게다가 '뉴노멀 시대'를 준비해야 한다
며 호들갑을 떨어 대는 매스컴 때문에 매일매일 살얼음판을
걷듯 불안하고 아슬아슬했다.

이런 팬데믹 상황에서 누구보다 힘들었던 이들은 청소년
이다. 특히 가정 폭력, 가난 등으로 바깥으로 내몰린 가출 청
소년들은 배고픔과 또 다른 폭력에 노출됐고, 직장을 잃은 부
모 대신 생활비를 벌어야 하는 청소년들도 있었다.

작품 속 석우, 혜나, 민구 역시 누구보다 열악한 상황이지
만, 이상하게 걱정이 되지 않았다. 그 아이들에게는 살아 낼

힘이 되었던 동병상련의 측은지심, 연대의 마음이 있었기 때문이다. 어른들의 보살핌과 사회의 안전망 바깥에 있는 아이들에게는 서로에게 기댈 어깨를 내주고 언 손을 잡아 주는 연대만이 현실을 이겨 내는 힘이다.

몽둥이는 부러지지만, 한 덩어리로 묶인 회초리는 절대 부러지지 않는 법이니까.

비욘드 코로나

정연철 어린이·청소년 문학 작가. 그동안 지은 청소년 소설
로는 『어쩌다 시에 꽂혀서는』, 『나는 안티카페 운영
자』, 『울어 봤자 소용없다』, 『꼴값』, 『열일곱, 최소한의 자존심』, 『마
법의 꽃』, 『내일의 무게(공저)』 등이 있고, 『주병국 주방장』, 『딱 하
루만 더 아프고 싶다』 등 여러 권의 동화책과 동시집을 냈다. 지
금은 대구의 한 고등학교에서 국어 교사로 일하고 있다.

'위드 코로나'가 시작되면 확진자가 폭발적으로 늘어날 거라던 전문가들의 예측은 적중했다. 하지만 단계적인 일상 회복을 목표로 했던 방역 당국의 예측은 빗나갔다. '불행 끝 행복 시작'을 조심스럽게 점치던 사람들의 소박한 염원도 여지없이 무너졌다. 겉으로 보면 크게 달라진 점이 없었다. 도로에는 자동차 행렬이 끝없이 이어졌고, 백화점이나 대형 마트의 파격 할인 행사에는 발 디딜 틈이 없었으며, 거리 곳 곳에는 사람들이 넘쳐 났다. 판을 깔아 주니 바이러스가 더 활개를 치고 다니는 모양새였다.

게다가 변이 바이러스는 너무 강력해서 백신 부스터 샷을 맞은 사람에게까지 돌파 감염을 일으켰다. 확진자 수는

5천 명을 가뿐히 넘어서더니 어느새 1만 명에 육박했다. 증세가 심각한 환자와 사망자 또한 갑자기 늘어났다. 방역 당국은 초췌한 모습의 질병관리청장을 내세워서 방역 수칙을 강화한다는 브리핑을 했다.

여러 번 거듭된 상황에 익숙해진 사람들은 대수롭지 않게 받아들였지만 엄마는 또다시 걱정이 늘어졌고, 나는 신물이 났다.

"이러다가 또 원격 수업 하는 거 아냐?"

"말도 꺼내지 마. 아들, 설마 그러길 바라는 건가?"

엄마가 얼굴에서 팩을 걷어 내고는 양손으로 뺨을 가볍게 두드리며 말했다.

"왜 아니겠어?"

내 농담에 엄마가 가볍게 웃었다. 사실 집콕 생활은 지겹다는 말조차 지겹고 토 나올 지경이었다. 대화는 이내 시들해지고, 엄마와 나는 각자 동굴로 들어가 자기가 할 일에 집중했다.

이튿날, 불길한 예감은 현실이 되었다. 변이 바이러스는 우리 고등학교 옆에 있는 요양 병원에까지 마수를 뻗쳤다. 거기서 멈추지 않고 일파만파로 퍼지고 있다는 지역 뉴스가 방송된 다음 날, 학교에서는 알림 문자를 보냈다. 고3을 제외한 나머지 학년은 원격 수업과 등교 수업을 교차 진행

한다는 내용이었다. 교육부의 전면 등교 수업 방침을 철석같이 믿었던 엄마는 현관에서 구두를 신으며 푸념을 늘어놓았다.

"내가 신이라면 코로나19금법을 만들겠어. 19세 미만에게는 접근 못 하게 막아서 애들 학교 좀 마음 편히 다니게. ……솔직히 말하자면 엄마 직장 좀 마음 편히 다니게. 아주 진절머리가 난다, 진절머리가."

코로나19금법이라니. 나는 엄마의 센스에 찬사를 아끼지 않았다.

"시간표 확인해서 수업 똑바로 듣고. 학교 전화 한 번만 더 받게 해 봐, 진짜. 국물도 없어."

"다른 애들이랑 비교하면 나는 양호한 편이지."

"비교라면 질색하면서 자기 유리할 때만 비교질이네."

"출근이나 하셔. 또 지각해서 지점장한테 깨지지나 말고. 이번 달 실적 별로인 걸로 아는데. 불경기에 잘리면 노답."

엄마가 앞니로 아랫입술을 꽉 깨문 채 눈을 흘겼다. 내가 사랑하는 엄마의 다양한 표정 가운데 하나다. 아빠랑 이혼한 뒤로 왠지 더 행복해 보인다. 엄마는 거짓말에 서투르니까 연기는 아닐 것이다.

나는 몸을 날려 침대에 누워서 멍하니 천장을 바라봤다. 코로나바이러스가 우리를 집어삼킨 뒤로 다사다난하고 무지막지한 시간이 흐르는 동안, 내 몸은 수분이 쪽 빠진 듯 시들하고 푸석해졌다. 어쩐지 곰팡이 피기 직전의 식빵 같은 느낌이라고나 할까? 고등학생이 되면서 가득 품었던 기대와 희망의 밀도는 점점 낮아졌고, 멍때리는 순간이 자주 찾아왔다.

작년에 이어 이번 여름 방학에도 여행은 고사하고 제대로 된 외식 한 번을 못 했다. '위드 코로나'가 시작되기 전부터 아이들은 방학이나 연휴 때면 약속이나 한 듯 제주도, 울릉도, 포항, 부산, 여수, 속초 등 여기저기서 찍은 인증 사진을 우리 반 톡방에 올렸다. 마스크를 벗고 활짝 웃는 얼굴들이 낯선 동시에 부러워 몸살이 날 지경이었다. 너희 같은 것들 때문에 세상이 이 모양 이 꼴이라며 저주 같은 혼잣말을 퍼붓기도 했다. 우리 가족은 섣불리 여행 계획을 세우지 못했다. 원래 걱정이 많은 편인 엄마는 백신 부작용으로 사망한 사람들 가운데 학생이 있다는 뉴스가 보도되자 백신조차 접종하지 말라고 할 정도로 나를 걱정했다.

내내 집콕 모드로 지내다 보니 극도의 무력감에 빠졌다. 게임이나 영화 보기도 이제는 지겹고, 심지어 늦잠을 자거나 게으름 피우기마저 다 시큰둥했다. 이런 게 말로만 듣던 '코로나 블루'일까. 차라리 문제집을 풀 때 신선한 재미가 느껴질 정도였다.

중학교 1학년 겨울 방학 무렵이었나? 코로나가 처음 터졌을 때만 해도 '사스, 신종 플루, 메르스, 에볼라처럼 얼마간 유행하다 잠잠해지겠지.' 하고 대수롭지 않게 여겼다. 하지만 완벽한 판단 착오였다. 코로나는 '나 하나쯤이야.' 하는 사람들의 이기심과 제어되지 않는 욕망과 '설마…….' 하는 안일한 마음의 빈틈을 귀신같이 포착하고는 총공세를 펼쳤다. 개학은 물론이고 수능까지 연기된 건 사상 초유의 일이었다. 순식간에 온 지구를 접수한 코로나는 전무후무한 위력으로 우리 삶에 뿌리 깊은 상처를 남겼다.

혹시 판도라의 상자가 열린 걸까? 인류 멸망의 징후일까? 남아도는 시간을 혼자 보내니 별의별 생각이 다 들었다. 마스크 대란 때는 말로만 듣던 세기말 분위기가 겹치기도 했다. 이러다 좀비가 거리를 활보하는 게 아닌가 하는 실없고도 불안한 생각까지 들었다. 그럴수록 삼삼오오 무리 지어 다니는 아이들 사이에 끼어 있으면 안도감이 들지 않을까 싶었다. 하지만 그럴 처지가 못 되는 뼈 때리는 현실에 외로움이 만드는 마음의 구멍은 점점 깊어만 갔다.

내 삶에 연관 검색어가 뜬다면 아마 '혼자'가 아닐까. 학생으로 사는 동안 줄곧 혼자였으면서도, 나는 여전히 혼자 놀기에 익숙하지 않다. 학교생활에는 언제쯤 적응이 될까. 혼자인 그대로 도태되지 않고 진화할 수 있을까. 용불용설,

자연 선택설, 돌연변이설, 격리설 등등 어떤 진화 이론을 갖다 붙여도 그 의문들에 답을 내릴 자신이 없었다.

남들은 나를 뭐든 혼자 척척 해내는 자기 주도적인 아이로 평가한다. 하지만 모두 나를 제대로 모르고 하는 소리다. 혼자 잘하는 척하는 것일 뿐, 사실 예전이나 지금이나 마음은 늘 쓸쓸하고 씁쓸하다. 아, 낯선 사람에게 다가가 인사 나누고 시선 맞추며 자연스럽게 대화하고 스스럼없이 지내기가 왜 나는 이렇게 힘들까.

"너랑 안 놀아."

어렸을 때 쥐어짜듯 용기 내어 손을 내밀었는데, 또래 아이들에게 거절당한 경험이 있다. 그 실패 경험이 뇌와 가슴에 각인되어 공포에 가까운 트라우마가 되지 않았을까 싶기도 하다. "너랑 안 놀아. 너랑 안 놀아. 너랑 안 놀아……." 끝나지 않는 메아리가 덩굴이 되어 마음을 한없이 옭아매는 느낌이다.

어느새 생활필수품이 된 마스크. 그 평범하기 짝이 없는 물건이 마치 나를 위한 선물 같다고 느끼기도 했다. 마스크 덕분에 사람을 예전보다 어색하지 않게 대할 수 있었는데, 그건 내 인생에 일어난 엄청난 변화였다. 우연히 엘리베이터 거울 속에서 주눅 들지 않고 약간의 자신감이 들어찬 내 눈빛을 발견하고는 신기해 한참을 바라본 적도 있다. 베프

한 명쯤 만들기란 시간문제 같았다.

그러나 현실은 역시 만만치 않았다. 친구를 사귀고 함께 어울리기가 여전히 힘들었던 나는 또 코로나바이러스 때문에 대면하기가 힘들어 그런 거라고 핑계를 댔다. 그러면 간당간당한 휴대폰 데이터를 얼마간 충전받는 듯한 기분이었다. 하지만 그런 종류의 자기 위로는 어쩐지 좀 불안하고 불편했다. 어영부영하는 사이 한 학기의 행방이 묘연해졌으며 또다시 숱한 시간이 흘렀다. 돌이켜 보면 기억에 남을 만한 일이 좀처럼 떠오르지 않았다.

아침부터 온갖 생각에 사로잡혀 있다가 습관적으로 휴대폰을 들여다보았다. 그새 담임이 반 단톡방에 각종 안내와 당부 사항을 뿌려 놓았다. 내용이 하도 길어서 읽다 말고 아침을 먹으려는데 또 메시지가 왔다.

담임

> 앞으로 이 단톡방에는 공지 사항만 올릴 예정이다.
> 질문, 대답, 이모티콘 일절 금지!
> 너희끼리 대화는 따로 단톡방 만들어 할 것.

40대 중반, 매사에 시큰둥하고 까칠한 담임다웠다. 방학 동안 시도 때도 없이 올라오는 메시지나 사진 때문에 골치깨나 썩은 모양이었다. 평소라면 "네, 넵, 네네, 넹." 같은 대답에 우스꽝스러운 이모티콘이 실시간으로 올라왔겠지만, 그날은 더위 먹은 듯 단톡방이 잠잠했다.

원격 수업이 시작되었다. 모든 게 처음이라 서투르고 엉성하고 어색하던 코로나 초기와는 달리, 이제는 어느 정도 자리를 잡은 듯했다. 수업 방식은 다양해졌고 아이들이 허튼짓 못 하게끔 실시간으로 체크가 이루어졌다. 하지만 그것도 완전무결한 방법은 아니어서 빈틈은 있었다. 아이들은 다양한 꼼수로 견고한 감시망을 뚫었다.

"빨리 옷 안 입을래? 설마 거기 화장실이니?"

중간중간 선생님의 추임새 같은 지적이 기계음처럼 들려왔다. 코로나가 만든 색다른 풍경 속에 있자니 익숙한 피로감이 느껴졌다. 50분 수업 중에 이런 시답잖은 일로 실랑이를 벌이느라 20분 정도가 허비되기도 했다. 사이버 공간에서는 선생님이 직접 뭘 어쩌지 못한다는 점을 아주 잘 아는 애들은 선생님의 지시를 무시하거나 굼뜬 동작으로 말을 듣는 척만 했다.

나는 화면을 통해 보는 아이들의 모습이 영 익숙해지지 않았다. 수업을 듣는 둥 마는 둥 하며 휴대폰으로 웹툰을 보다가, 쉬는 시간에는 스트레칭을 하고, 냉장고를 뒤지다가, 점심시간에는 배달 앱으로 음식을 시켜 먹었다. 틈틈이 유나랑 카톡으로 시시한 잡담을 나누기도 했다.

유나는 중학교 1학년 때 같은 반이었는데, 빈말을 못 하고 돌직구를 자주 날리는 성격이라 주변에 적이 많았다. 그래도 그 돌직구에는 진심이 담겨 있었다. 인생 상담을 요청하면 유나는 마음을 다해 자기 의견을 말해 주는데, 그러면 나 자신을 객관적으로 바라보는 데 제법 도움이 된다. 친구 사귀기에 젬병인 내가 어쩌다 유나랑 전화번호를 주고받고, 대화를 트고, 분식집에 다니고, 종종 하천 길에서 만나 라이딩까지 하는 사이로 발전했는지는 정말 미스터리다.

> 코로나 지겨워 죽겠다.
> 언제까지 이렇게 살아야 될까?

유나
> 현재 삶에 집중하는 게 최선이지 뭐.

유나의 꼰대 같은 메시지를 본 나는 험상궂은 이모티콘을 투척했다.

유나
> 코로나 팬데믹의 안온함과 평화로움을
> 그리워하게 될 거라고 예언한 사람도 있어.

> 소오오름! 그건 예언이 아니라
> 저주 아니냐?

나는 유나가 보낸 링크로 들어가 긴 글을 읽었다. 코로나보다 더한 위기가 찾아올 수 있다니, 마치 문틀에 정수리를 부딪친 것처럼 얼얼한 충격이었다. 기후 변화로 세계 곳곳에서 일어나는 기상 이변과 재해 소식을 접할 때마다 나도 그런 생각을 떠올려 보긴 했다. 애써 외면하고 싶었을 뿐.

이래저래 심란해서 침대에 휴대폰을 던지고 내 몸도 던졌다. 컴퓨터 속에서는 아직 수업이 이어지고 있었다. 선생님 목소리가 자장가처럼 들리고 눈꺼풀은 점점 무거워졌다.

그날, 자정 넘어 단톡방 초대장이 날아왔다. 반장이 보낸 거였다. 자발적으로 단톡방을 만들 애가 아닌데. 반장의 냉소적인 눈빛과 말투가 떠올랐다. 있는 집 자식, 똑똑해 보이는 안경, 성적 지상주의…… 그야말로 전형적인 반장 그 자체였다. 하지만 메시지 하나 올리지 않는 걸 봐서는 담임이 시켜서 억지로 만든 느낌이었다.

나는 단톡방을 무시하고 싶었다. 단톡방에 대한 좋지 않은 기억이 떠올랐다.

중학교 3학년 때 남자애들만 따로 단톡방을 만든 적이 있었다. 남녀 차별 문제에 관한 토론 수업을 계기로 만들어진 방이었다. 하지만 그곳은 욕구 불만을 배설하는 방으로 변질되고 말았다. 단톡방에서는 여자애들을 둘러싼 근거 없는 소문과 낯 뜨거운 험담이 난무했다. 그 방에 초대된 이상 참

석은 선택이 아니라 필수였다. 취향에 맞지 않는다고 빠져나와 튀는 애가 되고 싶지는 않았다. 나는 그 단톡방의 알림 설정을 껐고, 괜한 오해를 사지 않으려고 번번이 '읽음' 버튼을 누르는 번거로움을 감수해야 했다. 무심코 단톡방에 들어갔다가 오물을 뒤집어쓴 기분으로 나오기도 여러 번이었다. 나 자신의 우유부단함이 실망스러워 속이 울렁거리면서도 끝내 그 시궁창에서 탈출하지 못했다.

나는 농도 짙은 한숨을 뿌리며 반장이 만든 단톡방으로 들어갔다. 띄엄띄엄 맥락 없는 이모티콘 몇 개가 떴다. 올릴까 말까, 백만 번쯤 망설이다가 나도 하나 골라 올렸는데 아무 반응이 없었다. 뭐지? 이 썰렁함은……. 얼굴이 화끈거리면서 이모티콘을 삭제해 버리고 싶은 심정이었다.

그 뒤로 가끔 반장을 통해 교과 담당 선생님의 과제가 전달되었을 뿐, 단톡방은 대체로 한산했다. 이대로 단톡방 무덤이 되어도 상관없을 것 같았다.

일주일이 훌쩍 지나고 등교 수업이 시작되었다. 그사이 확진자 수는 물론 위중증 환자와 사망자 수도 큰 폭으로 떨어졌다. 나는 매번 사람을 들었다 났다 하는 코로나바이러스의 장단에 더는 놀아나고 싶지 않았다.

터덜터덜 걸어서 학교에 도착했다. 작년에 옆 반에서 확진자가 나와 2주간 자가 격리를 한 적이 있었다. 격리 해제가 되고 난 뒤에 나는 새삼 깨달았다. 여기저기 눈길을 던지며 거리를 걸을 수 있고, 가끔 하늘을 올려다볼 수 있는 평범한 일상이 이토록 행복한 거였구나 하고 말이다. 돌 틈에 피어난 풀꽃이 반가워서 "안녕?" 하고 인사하고는 순간 어이가 없어 헛웃음이 나왔다. 지나고 나서야 소중함을 안다는 말이 가슴에 와닿는 순간이었다. 하지만 그것도 잠시, 한동안 오늘이 그제 같고 어제 같은 일상에 파묻혀 살았다.

교정을 한 바퀴 돌며 이곳저곳 기웃거렸다. 매 순간 어떤 설렘도 느낄 수 없었다. 긴 시간을 보내는 동안 학교도 코로나에 감염된 걸까. 운동장 가에는 잡초가 무성했고, 화단은 제대로 관리되지 않아 볼썽사나웠다. 방역을 둘러싸고 팽팽하던 긴장은 한여름 불볕더위 속 엿가락처럼 느슨해졌다.

교실에는 4열 7행으로 책상이 배열되어 있었다. 시험 기간을 떠올리게 하는 삭막한 풍경이었다. 짝이라는 개념은 사라진 지 오래였다. 무엇보다 선생님들은 아이들을, 아이들은 선생님들을 잘 알아보지 못했다. 같은 반 친구들 사이도 별반 다르지 않았다. 코로나의 방해 공작 탓에 아이들은 서로의 목소리나 눈빛, 몸짓을 제대로 익히지 못한 채 데면데면했다. 그래도 붙임성 있는 몇몇 애들은 헤드록을 걸며 장난을 쳤고, 어려운 수학 문제를 놓고 격한 토론을 벌였다.

나는 마스크 덕분에 하고 싶은 말을 어느 정도 내뱉을 수는 있었지만, 여태 누구와도 친밀감을 느끼지 못했다. 마스크가 만능 해결사는 아니었다. 나도 친구에게 헤드록을 걸거나 당하고 싶었다. 끼워만 준다면 누구보다 친절하고 자세하게 수학 문제를 풀이해 줄 수 있었다. 도대체 내 안의 무엇이 내 마음이 가려는 길을 자꾸 가로막는지 이해할 수 없었다. 이러다가 온통 외로움에 파묻힌 채로 달랑 졸업장만 받아 든 뒤, 드넓은 세상으로 내동댕이쳐질 것만 같아 조바심이 일었다.

조례 시간에 담임은 가정 통신문을 몇 장 나눠 주더니 말문을 열었다. 일주일 만인데도 인사 한마디조차 없었다.

"다른 반은 1, 2학기 고정으로 감염병 예방 도우미 활동을 하는데 우리 반은 신의 장난인가? 한 명은 전학을 갔고, 또 한 명은 자가 격리 중이네. 격리가 끝나도 당분간 등교할 수 없는 상황이 생겼어. 그래서 새로 뽑아야 해."

담임은 내내 못마땅한 말투였다.

"자, 희망자는 손 들어 봐!"

아이들은 별 반응을 보이지 않았다. 담임은 한숨을 쉬고는 도우미 활동의 의의와 미미한 혜택을 무미건조하게 설명했다. 그러더니 착하고 순진해 빠진 아이들을 골라 설득을 시도했다. 하지만 끝내 감염병 예방 도우미를 뽑지 못한 채로 종이 울렸다.

"대단들 하다, 정말. 그럼 이따가 종례 시간에 공평하게 가위바위보로 뽑도록 하겠다."

담임이 교실에서 나가자마자 아이들의 짜증과 욕설이 사방팔방에서 튀어나왔다. 더러운 비말이 피부에 달라붙는 느낌이 들어 조건 반사처럼 몸이 부르르 떨렸다.

1교시부터 4교시까지 학교에서 제공하는 의미 없는 수업을 한 귀로 흘려들었다. 점심시간에는 칸막이를 친 지정석에서 개인용 수저로 맛없는 급식을 먹었다. 이어서 5교시가 시작되고, 나는 7교시가 끝날 때까지 겨우겨우 버텼다. 위드 코로나라고 해서 크게 달라진 점은 없었다.

그런데 종례 시간이 한참 지나도록 담임이 나타나지 않았다. 아이들은 학교에서 탈출하지 못해 안달 난 상태였다. 반장이 씩씩대며 교실을 나가더니, 얼마 뒤에 담임과 함께 돌아왔다.

"여전히 희망자 없는 거 맞지?"

담임은 변명이나 사과도 없이 태연하게 말했다. 그러고는 "아무리 코로나 시국이라고 해도 말이야…….."로 시작해서 정신 상태가 어쩌고저쩌고하는 그다지 영양가 없는 핀잔을 길게 늘어놓았다.

"학원 지각하는데…… 그냥 가면 안 돼요?"

"종례 시간에 허락 없이 가면 명백한 미인정 조퇴다."

누가 불만을 제기해도 담임은 아랑곳하지 않고 엄포를 놓았다.

"가위바위보로 결정하는 건 너무 폭력적이지 않나? 지면 하기 싫어도 억지로 해야 하잖아요. 여기가 군대도 아니고. 차라리 주번이나 청소 당번처럼 돌아가면서 해요. 그게 합리적일 것 같은데."

반장이 존댓말과 반말을 섞어 가며 약간 건방지게 건의했다.

"그럼 일이 복잡해져. 전체 학년 문제라 우리 반만 독단적으로 결정할 수 없는 사안이야."

"안 되는 건 아니지 않나? 샘들 편하게 일 처리하려고 그러는 거잖아요. 이제 봉사 활동이 대입에 큰 메리트가 없어서 뽑기 힘드실 텐데. 뭐, 저랑은 상관없으니까 알아서 하세요. 반장한테 그것마저 시키진 않으시겠죠?"

"너는 대입에 유리하기 때문에 반장 하는 거니?"

"아니라고는 말 못 하겠는데요."

선생님과 반장의 눈빛이 허공에서 부딪쳤다. 교실에 팽팽한 긴장감이 흘렀다. 틀린 말은 아니지만 무엇 하나 손해 보지 않으려는 반장의 계산적인 태도에 뾰족한 반발심이 고개를 들었다.

"저…… 할게요."

나는 욱하는 마음에 손을 들었다. 예전 같으면 상상도 못할 일이었다. 다소 충동적이긴 했지만 공식적으로 아이들에게 가까이 다가갈 수 있는 데다가, 혹시 기회가 되어 친구를 만들 수 있지 않을까 하는 약간의 기대도 없지 않았다.

"아유, 황송할 지경이다. 이름이…….."

담임은 반색하며 좌석 배치표를 살펴보더니 "한결이? 고마워." 하고 말했다. 마스크에 가려졌지만 반장의 벌레 씹은 표정이 눈에 어른거렸다. 나는 묘한 쾌감을 느끼며 마스크로 표정을 감춘 채 반장을 한껏 비웃었다.

"한 명 더! 없어? 자, 그럼 반장이 좋아하는 합리적이면서도 글로벌한 '가위바위보'로 결정하자! 반장, 부반장, 서기 그리고 1학기 각종 도우미들, 한결이 빼고 모두 손을 높이 들어 봐."

아이들은 귀찮아 죽겠다는 듯 하나같이 느릿느릿 손을 들어 올렸다.

"샘하고 같은 걸 내는 사람만 그대로 들고 있고 나머지는 내리면 돼. 자, 가위바위보!"

몇 차례 가위바위보가 반복되었고, 담임에게 이기거나 진 아이들은 천재지변이라도 피한 듯 안도의 숨을 내쉬었다. 마지막으로 남은 세 명은 담임이 빠진 채 자기들끼리 가위바위보를 했다.

그중에 손민혁이 끼어 있었다. 손민혁이 감염병 예방 도우미가 될 일은 없으리라 생각했는데, 불길함이 스멀스멀 기어들었다. 다시 가위바위보를 몇 번 더 했고, 네 번째에 두 사람이 보를 낼 때 손민혁 혼자 주먹을 냈다. 그야말로 운명의 장난이자 최악의 시나리오였다.

"민혁이로 결정. 잘 부탁해. 한결이랑 힘을 모아서 우리 반을 감염병으로부터 잘 보호해 주면 소원이 없겠어."

손민혁은 아무 말도 없이 가방을 휙 둘러멘 채 교실에서 나갔다. 내 입에서는 마스크를 날릴 기세로 짜증 섞인 한숨이 뿜어져 나왔다.

손민혁! 줄곧 나에게 미운털이 박힌 눈엣가시. 자리를 몇 번이나 바꿨지만 운이 없게도 내내 옆자리였다. 손민혁은 교실에서 시도 때도 없이 엎드려 자곤 했는데, 코골이까지 심했다. 게다가 마스크를 자주 내렸고, 심지어 재채기할 때 마스크를 내리는 만행을 저지른 적도 있었다.

"마스크 좀 쓰고 하지……."

참다못한 내가 마스크의 힘을 빌려 나선 적이 있다. 그러자 손민혁이 마스크를 올리며 나를 똑바로 바라보았다. 짙은 눈썹과 부리부리한 눈은 괜히 사람을 주눅 들게 했다. 하기야 선생님이 말해도 씨알이 안 먹히는데 내 말이라고 듣겠어? 백날 말해 봐야 내 입만 아프지. 나는 그런 생각으로 스스로의 비겁함을 합리화했다.

이튿날, 아침 자습 시간에 담임은 나와 손민혁을 보건실로 보냈다. 보건 선생님은 내가 들고 간 방역 물품 박스에 부족한 것들을 보충해 주더니 군대 지휘관처럼 명령했다.

"늦어도 8시까지 등교해서, 탁자나 문손잡이처럼 사람 손 많이 닿는 부분에 소독약을 칙칙 뿌린 뒤에 손걸레로 닦아라. 아침 자습 시간이랑 급식 먹기 직전에는 일일이 발열 체크를 하고 기록지에 적어야 돼. 그동안 도우미 활동을 어떻게 하는지 지켜봐서 잘 알 거라 믿는다. 참, 작년에 소독제로 장난치다가 상대방 눈에 뿌려서 응급실에 실려 간 사건 기억나지? 특별히 잘 관리해야 한다."

그 밖에도 교실을 수시로 환기하고, 마스크를 똑바로 쓰지 않는 아이들을 단속해야 하는 등 감염병 예방 도우미 활동이란 보통 성가신 일이 아니었다. 책임도 엄중했다. 무엇보다 도우미 두 명의 손발이 척척 맞아야 가능한 일이었다.

도우미 활동은 첫날부터 삐걱댔다. 손민혁은 도우미 일에 무신경한 태도로 일관했다. 엎드려 자는 걸 깨워도 별 소용이 없었다. 나 혼자 바쁜 시간을 쪼개 헉헉대며 모든 일을 감당해야 했다. 하지만 내가 자초한 일이라서 어느 누구도

탓할 수가 없었다.

손민혁 이마에 발열 체크를 할 때는 체온계로 이마를 찍어 누르고 싶은 충동까지 일었다. 아, 누리끼리하게 염색한 머리에 먹물이라도 들이붓고 싶다. 헐, 귀에 피어싱까지? 가지가지 하네. 속으로 비아냥거리던 나는 손민혁에게 말을 툭 던졌다.

"점심시간에는 네가 해."

어쩐지 좀 지질하고 비굴한 느낌이 들었다. 자존심이 상해서 체온계와 기록용 명단을 책상 위에 던지듯이 놓았다. 하지만 뒤돌아서는 손민혁이 잠결에 체온계를 떨어뜨려 고장 낼까 봐 신경 쓰였다. 부정할 수 없는 이놈의 소심함. 결국 책상 위에 내던진 것들을 도로 챙겨서 방역 물품 박스에 넣어 두었다.

점심시간에도 내가 발열 체크를 해야 했다. 이게 뭐 하는 짓인가 싶어 자괴감이 들고 스트레스가 쌓였다. 그런 내 모습을 보고 반장이 실실 쪼개며 지껄였다.

"김한결, 너 도우미에 진심이구나? 그게 뭐라고."

이게 반장이 할 소리인가? "그러니까 네가 친구가 없는 거야, 인마."라는 말이 목젖까지 올라왔지만 도로 삼켰다. 내가 할 소리는 아닌 듯했다.

며칠 뒤, 수업이 모두 끝나고 한참을 벼르다가 교무실에

갔다. 고자질을 하려니 너무 유치한가 싶었지만, 친구들의 건강 관리와 학급의 평화, 무엇보다 소중한 내 정신 건강을 위한 일이라고 생각하기로 했다.

"드릴 말씀이……."

담임이 나를 한참 바라보더니 눈빛으로 이유를 물었다. 그새 내 이름을 까먹은 건가. 서운했지만 내색하지는 않고, 그동안 마음속에 담아 두었던 일을 털어놓았다.

"그 녀석은 밤에 안 자고 도대체 뭐 하느라 학교에서 내내 엎드려 자는지, 원. 뻔해. 게임 중독이겠지. 부모님하고 통화도 잘 안 되고, 나도 난감하다."

담임은 넋두리만 할 뿐 뚜렷한 대책을 내놓지는 못했다.

"이렇게 비협조적인 반은 보다 보다 처음 본다. 다른 반은 서로 도우미를 하겠다고 야단이었다던데."

담임은 개인주의 성향이 강한 우리 반 아이들을 탓했다.

"일단 접수. 말은 해 볼게."

담임이 덧붙인 말은, 타일러는 보겠지만 그래도 안 되면 체념하라는 뜻으로 들렸다. 번거로운 일을 꺼리는 기색이 역력했다.

"너라도 있어서 얼마나 다행인지."

담임한테 호구로 인정받는 순간이었다. 담임은 책상 서랍을 열어 초코바 하나를 내밀었다. 나는 쓸데없이 몸에 밴 예의가 발동해 두 손으로 공손히 받았다. 담임은 고개를 돌리고 노트북 마우스를 움직이며 하던 일로 돌아갔다. 복도로 나온 나는 괜히 욱하는 마음에 초코바를 쓰레기통으로 던졌다.

그다음 날, 독하게 마음먹고 도우미 활동을 하지 않았다. 손민혁은 느지막이 교실에 들어왔고, 나는 관심 없는 척했지만 은근히 녀석을 예의 주시했다. 담임이 어떻게 구워삶았는지, 느릿느릿 방역 물품 박스를 여는 모습을 보고 나는 회심의 미소를 지었다. 하지만 손민혁은 출입문 손잡이에 소독약을 무성의하게 뿌렸다. 그러고는 걸레로 닦는 둥 마는 둥 시늉만 했다. 그 꼴을 보니 갑자기 울화가 치밀었다.

얼마 안 가 손민혁은 다시 본연의 모습으로 돌아갔다. 책상에 엎드린 채 잠에 푹 빠져 코를 골아 댔다. 특대 더블 클립으로 코를 집고 싶은 심정이었다. 쉬는 시간에 보니 어느 틈에 손민혁의 마스크가 벗겨져 옆에 놓여 있었다. 일회용 마스크는 100번은 족히 쓴 것처럼 꾀죄죄했다. 아, 코로나 바이러스는 뭐 하나? 이런 비열한 놈이 멀쩡하다니, 일종의 직무 유기 아닌가?

"야, 마스크 똑바로 쓰라고!"

나도 모르게 큰 소리가 튀어나왔다. 내 심장도 튀어나올 듯 벌렁거렸다.

"닥치고 꺼져."

손민혁이 눈을 게슴츠레 뜨고는 낮은 음성으로 지껄였다.
강적이었다. 열받았지만 대꾸할 용기가 없어 입을 다문 채
로 있으려니 분노만 머릿속에 차올랐다. 앞으로도 저 뻔뻔
한 꼴을 계속 봐야 한다고 생각하자 뇌에 녹이 스는 기분이
었다.

그날 밤 9시쯤 학원 수업을 마치고 영화관 뒤에 있는 공
원 분수대로 갔다. 유나에게 만나 달라고 구걸해서 겨우 잡
은 약속이었다. 저 멀리 걸어오는 유나는 휴대폰에서 눈을
떼지 못했다. SNS에 올린 게시물의 반응을 살피는 모양이었
다. 유나는 태블릿이나 휴대폰으로 일상을 그려서 SNS에 올
리기가 취미인데, 팔로워가 벌써 수천 명이다. 예전부터 교
과서나 학원 교재 귀퉁이에 이런저런 그림을 그려 선생님
에게 숱한 지적을 받곤 했지만, 그림 실력은 차곡차곡 쌓였
다. 그리고 취미였던 그림은 어느덧 유나의 꿈이 되었다.

"뭐 좀 먹자."

"이 시간에? 갑자기?"

나의 느닷없는 제안에 유나가 휴대폰에서 눈을 떼며 물
었다.

"배가 고프다기보다 영혼에 허기가 져서. 문제 있어?"

"그게 아니라, 넌 방역 수칙도 오버해서 지키고 걱정을 사서 하는 편이잖아. 우리는 아직 백신 접종도 안 했고."

불안하지 않은 건 아니었다. 접종 증명이나 음성 확인제는 해당 사항이 없었지만 그래도 사람 많은 곳은 조심해야 했다. 가게마다 사람들이 거의 꽉 차 있고 마스크를 벗은 채 웃고 떠들고 음식을 나눠 먹는 현실에서 아차 하는 순간 밀접 접촉자가 되고 확진자가 될 수 있었다. 그런 위험 부담을 떠안기 싫었지만, 일단은 쌓인 스트레스를 푸는 것이 급선무였다. 코로나가 아니라 스트레스 때문에 분노 조절 장애가 생길 지경이었으니까.

"아, 달도 밝다!"

나는 빌딩 숲과 가로수 사이로 비치는 달을 보며 딴청을 피웠다. 얼마 뒤, 학원가에서 줄 서서 먹는다는 떡볶이집으로 들어섰다. 유나는 망설이는 듯하더니 쭐레쭐레 따라 들어왔다. 우리는 떡볶이, 튀김만두, 튀김어묵, 잡채말이, 김말이, 음료수가 포함된 세트 메뉴를 주문했다. 음식을 기다리는 동안 나는 우리 반 감염병 예방 도우미 선발 과정을 예로 들면서 이 시국에 사람들이 얼마나 이기적이고 무책임한지를 성토했다.

"왜 타인에 대한 배려가 1도 없냐고. 혹시 걔 기억나? 마스크 벗고 재채기한다는 우리 반 애. 그런 인간들이 널렸어.

아, 더불어 살기 정말 피곤한 세상.”

“손민폐?”

“대박! 그 별명이 딱이네. 오늘부터 손민혁을 손민폐라고 불러야지. 민폐가 매일같이 한도 초과라니까!”

“절친 만들기 프로젝트는 잘돼 가? 그러다가 손민폐랑 미운 정 드는 거 아니냐? 요즘 너 말끝마다 손민폐 타령이잖아.”

“말이 씨 되니까 조심해라.”

나는 미간을 찌푸리며 눈을 부라렸다. 그러면서도 속으로는 ‘그 정도로 손민혁 얘기를 많이 했나?’ 하며 고개를 갸웃댔다.

“너무 애쓰지 마라. 원래 인생은 쉽지가 않아. 그리고 일이 안 풀리다가도 풀리는 게 인생이니까.”

“요즘 도 닦으세요?”

“티 나?”

우리는 마주 보며 피식 웃었다.

“근데 너 좀 낯설다.”

유나가 나를 물끄러미 바라보며 말했다.

“뭐가?”

“요즘은 내 눈을 똑바로 보면서 말하잖아. 몰랐어? 너 맨날 눈 깔고 얘기했어. 어쩌다 눈이 마주치면 동공 지진에 피하기 바빴고. 또 하나! 너 언제부터 이렇게 불의를 못 참고 공동체 의식에 애국심까지 투철했냐?"

"그동안은 포커페이스였지. 사실은 이게 내 본모습이고."

"아, 그러셔? 아주 리스펙트한다!"

"뭐지? 이 무성의한 반응은?"

유나는 잠시 대화를 멈추더니, 휴대폰을 보며 입꼬리를 귀에 걸고 빛의 속도로 손가락을 움직였다. BTS가 댓글이라도 달았나?

나는 가게 안을 휘 둘러보았다. 사람들이 끊임없이 나가고 들어왔지만 대부분 손 소독을 하지 않고, 발열 체크도 넘기고, QR코드를 찍거나 방역 패스 안심콜에 전화를 걸거나 방명록에 기록을 남기는 것도 대충 넘겼다. 가게 주인과 종업원은 너무 바빠서 살필 겨를이 없어 보였다. 자꾸 신경 쓰는 나만 별종 같아서 어깨가 처졌다. 내 변화를 눈치챘는지 유나가 테이블 위에 휴대폰을 고이 엎어 두었다.

"가끔 그런 생각이 들어. 코로나 터졌을 때 어른들 보면 욕먹을 게 뻔한데도 유흥 주점에 가고, 대면 예배도 강행했잖아. 심지어 방역 수칙 철저히 하라고 맨날 강조하는 샘들도 방역 수칙 위반해서 뉴스에 나오고. 어른들만 그런 것도 아니지. 노래방이나 피시방에 들락거린 애들도 마찬가지고. 가만 보고 있으면 나만 유난 떠나 싶다니까."

"야, 자기 인생은 자기가 알아서 사는 거고 네가 옳다고 생각하면 옳은 거지, 뭘 그렇게 구구절절 파고들면서 스스로를 의심하냐? 너무 피곤하지 않아? 그런 소모적인 고민으로 시간과 에너지를 탕진하지 말고, 이거 먹고 보신이나 해."

때마침 음식이 나오자 유나는 꼭 자기가 계산하는 것처럼 음식을 권했다. 어이가 없었지만 희한하게도 위로받는 듯한 기분이 들었다.

유나는 한 손으로 젓가락을 들고 다른 손으로 마스크를 벗었다. 그런데 마스크에 가려져 있던 부분은 피부 톤이 달라 보였다.

"어? 너 왜 피부색이 위아래가 다르냐?"

"어차피 마스크 끼면 보이지도 않으니까 위쪽만 화장하는 거지. 경제적이잖아."

유나는 밀떡을 우물거리며 별일 아니라는 투로 말했다. 피식 웃음이 터졌다. 나는 열심히 떡볶이를 먹으면서 손민폐 때문에 받는 스트레스를 미주알고주알 털어놓았다.

"고생을 사서 하는 타입이야, 너는."

유나는 정확하게 진단을 내렸다. 그러고는 쿨하게 둘 중 하나를 선택하라고 했다.

"욕을 엄청 먹고 그만두든지, 아니면 넓은 아량으로 혼자 덤터기 쓰든지."

결국 중요한 건 내 선택이었다. 과연 내가 배 째라고 할 만한 용기가 있을까? 더구나 내가 도우미를 하겠다고 자원한 처지라 그만둔다고 하기엔 명분이 서지 않았다. 그렇다면 답은 이미 나와 있었다. 오늘도 유나의 처방은 특효였다.

떡볶이는 명성대로 무척 매웠다. 매운 음식을 먹으면서 매운 말을 듣고 나왔더니 왠지 속이 후련해진 듯했다. 그래, 이렇게 해도 후회되고 저렇게 해도 후회된다면 덜 후회되는 쪽으로 결정하지, 뭐. 막상 결심이 서자 스트레스가 땀과 함께 배출되는 기분이었다.

떡볶이집에서 나오자 밤바람이 불어 느티나무 잎사귀를 흔들었다. 이대로 헤어지긴 아쉬웠지만 딱히 할 일이 없었다. 휴대폰을 만지고 있는 유나를 보다가 갑자기 궁금한 점이 떠올랐다.

나는 뜬금없이 물었다.

"근데 넌 왜 나랑 친구 해?"

유나가 나를 뚫어지게 바라보았다. 그걸 질문이라고 하느냐는 표정이었다. 잠시 어색한 침묵이 흘렀다. 화제를 돌리려고 할 말을 쥐어짜 내려 할 때, 유나가 천천히 말문을 열었다.

"그때 아는 척을 안 해 줘서. 그리고 가정 통신문, 학습지도 챙겨 주고…… 너한테는 별거 아니었을 수도 있겠지만 되게 고맙더라. 네 이름처럼 한결같아서. 간다."

유나는 발길을 돌리며 손을 흔들었다. 나는 유나의 뒷모습을 한참 바라보았다. 그러다 괜히 그때 기억을 떠올리게 했다는 죄책감이 들어 주먹으로 내 머리를 쥐어박았다. 하지만 유나의 걸음은 당당해 보였고, 나는 그 모습이 또 눈물 나게 고마웠다.

유나는 중학교 1학년 때 집단 괴롭힘을 당했다. 앞뒤 가리지 않고 입바른 소리를 한 대가였다. 자존심을 생명처럼 여기는 한 아이가 심한 타격을 받고 꾸민 짓이었다. 처음에는 마음 맞는 애들끼리 똘똘 뭉쳐 뒷담화를 일삼더니, 나중에는 유나 앞에서 대놓고 흉을 봤다. 마침내는 인터넷에 유나를 욕하는 글을 올리고 메신저에서까지 괴롭혀 댔다. 결국 심각한 문제로 불거지자 학교폭력위원회가 열렸고, 경찰까지 왔다 갔다 했다.

그때 유나는 내 짝이었다. 그 사건 이후 교실에서 유나 자리는 한동안 비어 있었다. 일주일쯤 지난 뒤 유나가 학교에 왔을 때, 나는 그동안 모아 두었던 가정 통신문과 학습지를 건네주었다. 단순히 그 일 때문이라고 단정 지을 수는 없지만, 어쨌든 유나에게 큰 의미가 있었다는 건 분명해 보였다.

나는 언제 기회를 봐서 유나에게 이실직고해야겠다고 생각했다. 사실 모두 선생님이 시켜서 한 일이었다고 털어놓는다면, 지금의 유나는 어떤 반응을 보일까? 걱정은 안 되고 그냥 웃음이 나왔다.

집 근처 장어구이집은 오늘도 손님이 바글바글했다. 어른들은 마스크를 벗은 채 촘촘히 앉아 불쾌한 얼굴로 침 튀기며 대화를 나누었다. 저런 사람들 때문에 코로나가 끝나지 않는다고 생각하니 열불이 터졌다. 나는 손을 주머니에 찔러 넣은 채로 그들을 향해 가운뎃손가락을 올렸다.

현관문을 열고 집으로 들어가자 엄마는 소파에 누워 가볍게 코를 골고 있었다. 얼굴에는 마스크 팩을 올려놓은 상태였다. 나는 그 모습을 가만히 보다가 리모컨으로 텔레비전을 껐다.

"안 잤어. 보고 있어."

엄마가 깜짝 놀라 일어나더니 헝클어진 머리를 매만지며 잠이 덕지덕지 묻은 목소리로 말했다. 그러고는 텔레비전을 다시 켜고 주방으로 가 냉장고를 뒤졌다. 내 간식을 챙기는 모양이었다.

"유나랑 뭐 먹고 와서 배 안 고파. 엄마 귀찮게 안 하려고 밖에서 간식까지 해결하고 들어오는 아들이라니, 엄만 진짜 복 터졌다."

"인정."

엄마는 손으로 입을 두드리며 하품을 크게 하고는 다시 소파에 누웠다. 얼굴에 뭘 올려 뒀는지는 잊은 듯했다.

"엄마, 팩."

"아."

엄마는 슬며시 팩을 떼어 내며 작게 한숨을 쉬었다.

"우리, 어디 가까운 데라도 여행 갔다 올까? 어차피 코로나랑 함께 살아야 한다면……. 그러고 보니 코에 바람 넣은 지도 몇 년은 지난 것 같아. 2학기 학사 일정 보니까 추석 연휴 때 재량 휴업일이 끼어 있어서 쉬는 날이 꽤 길던데?"

"진짜?"

엄마가 반색하는 나를 안쓰러운 눈빛으로 바라보더니 말했다.

"그동안 엄청 답답했구나. 미안."

그러더니 휴대폰으로 숙소를 이곳저곳 검색했다. 벌써부터 가슴에 청량한 바람이 부는 기분이었다.

나는 방으로 들어가 한 시간쯤 과학 수행 평가 준비를 했다. 그리고 자기 전에 휴대폰으로 SNS에 접속했다. 그새 유나 계정에는 오늘 떡볶이집에서 나랑 시간을 보낸 장면을 그린 만화가 올라와 있었다. 사람들은 저마다의 방식으로 세상과 소통하고, 유나는 유나의 방식대로 일상을 만화로 그려 열심히 올리고 있다.

유나가 SNS에 너무 중독된 것 같아 한번은 심각한 우려를 드러낸 적이 있었다.

"'좋아요'와 댓글이 사람들의 진심일 거라는 착각을 버려."

"네가 엄마냐?"

"걱정돼서 하는 말이지."

"그러는 넌 나한테 진심이고?"

나는 훅 들어오는 유나의 공격에 말문이 막히고 말았다. 온오프라인을 막론하고 '진심'이라는 단어가 범람하는 모습을 보고 있자면, 진심의 무게가 오히려 가벼워진 것만 같았기 때문이다. 그리고 내가 유나에게 정말 진심인지, 그게 아니라 유나를 빼면 이렇다 할 친구가 없는 탓에 유나를 계속 만나는 건지 확신할 수 없어 뜨끔했다.

"저마다 살아온 인생이 다른데, 다른 사람 삶의 방식을 두고 왈가왈부하는 건 옳지 않다고 생각해."

유나가 진지한 표정으로 일갈했다. 주제 파악 못 하고 남의 인생에 지적질을 했다고 생각하자 얼굴이 화끈거렸다. 적어도 유나는 SNS에 진심이었고, 거기서 위로를 받으며 점차 단단해졌다. 그걸로 충분했다.

생각에 잠겨 있다가 유나 글을 다시 확인하니, 어느 순간 게시물 아래에 해시태그가 달려 있었다.

#일상의소중함 #찐친과떡볶이 #유니크한유나 #유나크

'찐친'이라는 단어를 본 나는 진심을 담아 게시물에 빨간 하트를 꾹 눌렀다. 문득 심장이 뜨거워졌다.

우씨, 근데 내 머리가 이렇게 크다고?

다음 날부터 혼자 감염병 예방 도우미 활동을 했다. 가엾도록 쓸쓸하던 내 모습을 청산하고 다르게 살고 싶다는 막연한 기대로 자원한 감염병 예방 도우미 활동은 결과적으로 폭망이었다. 반 아이들은 나를 거의 머슴처럼 취급했다. 때때로 화가 났지만, 당장 때려치우고 싶었던 마음은 점점 희미해졌다. 손민폐와 부딪치지 않으니 속은 편했다.

혼자 수업을 듣고, 혼자 화장실에 가고, 혼자 점심을 먹고, 혼자 도서관에 갔다가 교실로 돌아왔다. 자리에 앉아 창밖으로 시선을 던졌다. 운동장에서 아이들이 저마다 끼리끼리 모여 축구나 농구를 하고 있었다. 철봉에도 여럿이 매달려 있었다. 벤치에 앉아 대화를 나누거나, 운동장을 가로질러 걷거나, 한구석에서 장난치는 애들도 심심찮게 눈에 띄었다. 아이들은 대부분 마스크를 낀 채로, 몇몇은 벗은 채로 코로나 이전처럼 평범한 일상을 살아가고 있었다.

마스크 때문에 아이들과 가까워지기 힘들다고 스스로에

게 둘러댔지만, 잘 알고 있다. 그건 핑계에 불과하다는 사실을. 옷으로 몸을 가리듯 마스크로 코와 입을 가렸을 뿐, 진심 어린 눈빛과 다정한 말을 주고받는 데 마스크는 아무런 영향을 끼치지 못하니까.

나는 의기소침해졌다. 그러다 내가 책상 귀퉁이에 달아 놓은 해시태그가 눈에 들어왔다.

#존버

얼마나 힘을 주었는지 펜을 쥔 손에 피가 통하지 않아 손아귀가 창백하고 얼얼했다.

아직 오후 수업은 세 시간이나 남아 있었다. 수업이 끝났다고 알리는 종소리가 캐럴처럼 울려 퍼질 시간만 기다리며 이 악물고 참았다. 그것만이 희망인 나날이 이어지고 있었다. 자꾸 머리가 지끈거리고 몸이 가라앉았다.

학교에서 영혼이 탈탈 털린 채로 교문을 벗어나는데 문자가 왔다.

> 핫핫떡볶이(서구 달래로20길 10, 1층) 방문자는 임시 선별 검사소 및 보건소(예약)에서 검사를 받으시기 바랍니다.

내용을 읽자마자 가슴이 덜컥 내려앉았다. 머릿속이 하

애지고 다리가 후들거렸다. 두통이 점점 심해지고 식은땀이 났다. 휴대폰 자가 진단 앱을 열어 암호를 입력했다. 이제껏 질문을 제대로 읽지도 않고 무조건 '아니오'만 선택했는데, 이번에는 하나하나 꼼꼼히 읽어 보았다. 내 증상과 겹치는 것도 같고 아닌 것도 같아 아리송했다.

얼마 뒤, 흐트러진 정신을 수습하고 담임에게 메시지를 보냈다. 확진자와 동선이 겹쳤고 코로나 의심 증상이 있어 선별 검사를 받으러 간다고 했더니 곧장 전화가 왔다. 전화를 받자마자 담임이 말을 한 무더기 쏟아 냈다.

"다중 이용 시설에 가지 말라고 그렇게 신신당부를 했는데! 너 혹시 피시방 갔니?"

자초지종은 들어 보지도 않고 무작정 의심부터 하는 담임의 태도에 화가 나서 나는 퉁명스럽게 대꾸했다.

"아닌데요."

"그럼 노래방?"

"분식집이요……."

"얌전히 공부나 하지 어딜 그렇게 싸돌……. 아니다. 됐고, 알았으니까 얼른 검사받고 결과 나올 때까지 등교하지 마. 결과 나오면 바로 알려 주고."

말투가 살벌하기 그지없었다. 아무 데도 가지 않았다고 딱 잡아뗐어야 했다.

"잘하는 짓이다, 잘하는 짓이야. 감염병 예방 도우미로서 부끄럽지도 않니?"

아, 그놈의 도우미! 당장 때려치우고 싶었다. 담임과 통화를 끝내자마자 엄마에게 메시지를 남긴 뒤, 그길로 보건소 선별 진료소로 갔다. 검사를 받으려는 사람들이 길게 줄을 선 채 휴대폰을 보고 있었다. 내 뒤에 바짝 붙어 계속 잔기침을 하는 할아버지 때문에 기분이 몹시 찝찝했다. 이제는 목까지 칼칼한 느낌이 들었다.

검사는 신속하게 이루어졌다. 지시하는 대로 혀를 내미니 방호복을 입은 간호사가 면봉으로 체액을 채취했다. 그러고는 또 다른 길쭉한 면봉을 콧구멍에 쑤셔 넣었다. 예상보다 깊숙이 찔러 넣는 바람에 너무 아파서 반사적으로 뒤로 물러났다. 눈알까지 아프고 재채기가 터져 나왔다.

"검사 결과 나올 때까지 외출하시면 안 돼요."

간호사의 말을 뒤로하고 곧장 집으로 왔다. 혹시나 하는 마음에 집 안에서도 내 방을 벗어나면 마스크를 쓰고 다녔다. 속이 울렁거려 헛구역질을 하다가 토하기까지 했다. 엄마가 마스크를 쓴 채 등을 쓰다듬어 주었다. 변기 물을 내리고 물로 입 안을 헹궜다.

"좀 괜찮아? 체했던 거였나? 아휴, 어떡해. 지금이라도 백신 접종을 해야 하나?"

엄마가 걱정이 가득 담긴 표정으로 물었다. 나는 머리가 어지러워 아무 대답도 하지 않고 침대에 쓰러졌다.

눈을 떴을 때는 자정이 넘어 있었다. 건강 상태 자가 진단 앱을 열고 "귀하 본인 또는 동거인이 코로나19 진단 검사를 받고 그 결과를 기다리고 있나요?"라는 두 번째 항목에 '예'를 체크하고 등록하자 주황색 불이 들어왔다. 불길한 징조 같아 간이 오그라들었다. 괜히 나 때문에 일이 이렇게 된 것 같아 미안하다고 유나에게 진작 메시지를 남겼지만 아직 미확인 상태였다.

이튿날, 피가 마르는 심정으로 결과를 기다렸다. 엄마가 사식을 넣어 주듯 쟁반에 밥을 차려서 들여 주었다. 마치 독방에 갇힌 기분이었다. 밥맛이 있을 리가 없었다.

"너무 걱정하지 마, 아들. 괜찮을 거야. 결과 나오면 바로 알려 주고."

문밖에서 엄마 목소리가 들려왔다. 나는 휴대폰을 손에서 놓지 않고 계속 힐끔거렸다. 시간이 멈추었다가 내가 보면 그제야 느릿느릿 흘러가는 것 같았다. 긴장되니 소변이 자주 마려웠다. 한 시간이 채 지나기도 전에 화장실을 세 번째 들렀을 때, 메시지가 왔다. 심장이 펄떡거리는 상태로 확인하니 담임이었다.

담임

실컷 늦잠 자다가 결과 나오면
그제야 밥 먹고 씻고 하다 늦지 말고
미리미리 준비하고 있다가
결과 음성 나오면 바로 등교해라.

네

그 와중에 감염병 예방 도우미 활동은 어떻게 되는 건지 궁금했다. 손민폐가 혼자 맡아서 할 수 있을까? 아니면 반장 부반장이? 그것도 아니면 담임이 직접 하려나? 어느 쪽이든 약간은 쌤통이었다.

식어 빠진 소고기 미역국에 밥을 말아 먹고 양치질을 하고 샤워까지 하고 나왔는데도 결과 문자는 감감무소식이었다. 그럴수록 불안한 마음에 심장이 오그라들었다. 확진자 경험담을 읽다 보니 더 갑갑하고 두려워졌다.

정오에 가까워졌을 때 휴대폰이 울렸다. 이번에는 유나였다.

유나

미안하긴.
떡볶이 먹은 건 내 선택인데.

참, 난 음성이야.

유나

덕분에 인생의 쓴맛을 경험했네. ㅎㅎ

　겨우 한시름 놓았지만, 나는 왜 이렇게 결과가 안 나오는지 의아했다. 보건소에 전화를 걸어 물어봐도 사무적인 말투로 기다리라고만 했다. 만에 하나 검사 오류 때문에 양성으로 나오면 어떡하나, 오만 걱정이 들면서 입 안의 침이 마르는 것 같았다.

　작년에 학교에서 확진자가 처음 나왔을 때는 온갖 소문이 돌았다. 확진된 아이가 결석을 밥 먹듯이 하고, 수시로 피시방에 드나들었으며, 노래방에서 생일 파티를 한 애들끼리 전자 담배를 나눠 피웠다고 수군거렸다. 그동안 감염되지 않은 게 신기할 정도라고도 했다. 결국 전면 원격 수업으로 전환되었고, 대부분 환호했다.

　하지만 지금은 그때와 사정이 다르다. 나는 신경이 바짝 곤두섰다. 내가 확진자가 된다면 무엇보다 망신살 제대로 뻗칠 것이 뻔했다. 그동안 손민폐를 포함해서 내가 잡도리해 댄 아이들이 떠올랐다. 상상만으로도 얼굴이 화끈거리고 진땀이 났다.

　숨 막히는 시간이 흐르고 오후 3시로 접어들었다. 목이 빠져 축 늘어졌을 때 드디어 결과 문자가 왔다.

김한결님은 COVID-19 PCR 검사 결과
음성(Negative)입니다.

휴, 안도의 한숨이 절로 나왔다. 만세를 부르고 싶은 심정
이었다. 갑자기 열이 내린 것 같고 컨디션도 좋아졌다. 시험
에서 100점을 받은 기분으로 엄마에게 메시지를 보냈다. 엄
마는 좋아서 오두방정을 떠는 토끼 이모티콘을 바로 날렸다.

나는 담임에게도 결과 문자를 캡처해서 보냈다. 그러자
지금 학교에 와 봤자 곧 종례 시간이니 내일 등교하라는 답
이 왔다. 원하던 답이었다.

저녁을 대충 챙겨 먹고 학원에 갔다. 하루쯤 땡땡이치고
싶은 마음이 굴뚝같았지만, 엄마가 고생해서 버는 돈을 생각
하니 차마 그럴 수가 없었다. 하지만 학원에서는 시간이 유
난히 더디게 흘렀다. 수업 내용이 귀에 들어오지도 않았다.

멍만 때리다가 학원 수업을 마치고 집에 가는 길에 장어
구이집을 지나쳤다. 맛집으로 유명한 그곳은 오늘도 만원이
었다. 빽빽한 사람들 사이로 언뜻 낯익은 아이가 시야에 들
어왔다. 누렇게 염색한 머리에 귀에는 피어싱을 하고 동분
서주하며 서빙 중인 아이는 다름 아닌 손민폐였다. 장어구
이집 앞을 매일같이 지나는데 왜 한 번도 눈에 띄지 않았을
까? 허리를 굽신굽신하며 손님들 비위 맞추는 모습을 보니

하루 이틀 해 본 솜씨가 아니었다.

집으로 가는 내내 손민폐가 눈에 어른거렸다.

"뻔해. 게임 중독이겠지."

언젠가 담임이 했던 말이 떠올랐다. 그때 아무 대꾸도 하지 않았지만 나도 전적으로 동의하고 있었다. 그동안 내가 손민폐의 단면만 보고는 그렇고 그런 양아치라고 지레짐작한 건 아닐까 하는 생각에 마음이 복잡해졌다. 책상 위에 엎드린 손민폐가 떠올랐다. 어쩌면 먹고사는 일이 바빠서 머릿속에 영어 단어나 수학 공식 나부랭이는 들일 공간이 부족했는지도 모른다. 그런 생각이 밤늦도록 뇌리에 박혀 떠나질 않았다. 마스크가 가린 건 표정이 아니라 어쩌면 마음의 문이 아니었을까.

습관적으로 휴대폰을 집어 들고 앱을 하나씩 터치해 보다가 SNS에 접속했다. 유나의 계정에는 코로나 시국에 고등학생의 일상을 그린 그림이 일곱 개나 올라와 있었다. 수업 시간, 쉬는 시간, 화장실, 급식실 풍경 등 하나같이 공감되는 내용이었다. 조회 수와 '좋아요' 수가 꽤 높았다. 댓글도 실시간으로 계속 달렸다. 희희낙락하고 있을 유나 생각에 피식 웃음이 나왔다. 유나가 잘되면 좋겠다는 마음으로 빨간 하트를 꾹 누르고 댓글도 달았다.

유명해지면 무지 배가 아프겠지만 나 모른 척하기 없기!(1호 찐팬) ♥

    ↳ 나 이미 유명함.ㅎㅎ   ♡

유나도 접속 중이었는지 대댓글이 바로 달렸다. 댓글을 더 달지는 못하고 나는 이내 곯아떨어졌다.

위드 코로나 시국에도 시간은 누구에게나 공평하게 흘렀다. 날은 제법 쌀쌀했고 내 하루는 재채기와 콧물로 시작되었다. 이 무렵이면 비염이 부쩍 심해져서 고생이지만, 그래도 코로나 이전에는 그 때문에 민망한 상황은 없었다. 굳이 설명하지 않아도 훌쩍이거나 재채기하면 대부분 감기나 비염일 거라고 생각했으니까. 하지만 코로나가 퍼진 뒤로는 너무 눈치가 보였다. 버스나 전철에서 재채기를 하면 사람들은 반사적으로 고개를 돌리거나 급히 거리를 두었다. 때로는 대놓고 싫은 티를 내며 자리를 피하기도 했다.

담임 허락을 받고 병원에 들렀다가 처방전을 받아 약국에서 약을 사고 곧장 학교로 갔다. 교문을 지나는데 바닥에 알록달록 단풍이 든 벚나무 이파리가 떨어져 있었다. 문득, 지난봄 어느 날 정신을 차리고 보니 교문 옆 벚나무의 연분홍 꽃잎이 모두 떨어져 있던 광경이 기억났다. 봄이면 엄마와 벚꽃놀이를 가곤 했는데, 작년에 이어 올해도 활짝 피어난 벚꽃을 즐길 여유가 없었다. 그사이 초록 잎이 곱게 물들었고 파란 하늘은 티 없이 맑고 깨끗했다. 잠깐 마스크를 내리고 심호흡을 했다. 한껏 들이마신 공기가 황홀하고 달콤하게 느껴졌다. 막연한 슬픔이 몰려왔다.

나는 단풍잎 하나를 주워 들어 하늘을 향해 날렸다. 지그재그를 그리며 바닥으로 떨어지는 낙엽의 자유로운 몸짓이 부러웠다. 이런 내 모습을 보면 분명 오글거린다며 한마디할 유나가 떠올라 나도 모르게 피식 웃음이 나왔다.

교무실로 가니 문은 열려 있었고, 담임을 포함한 선생님 두어 명이 나누는 대화가 귓속을 파고들었다.

"손민혁 아버님이랑 통화가 됐네요. 그동안 수십 통은 한 것 같은데 이제야 겨우 연결됐어요. 애가 말을 안 해서 몰랐는데, 집안 사정이 좀 그러네."

"뭐, 그건 딱 봐도 알겠더라. 가까이 가면 안 씻은 냄새가 나더라고요. 상처받을까 봐 그렇다고 말은 못 하겠고."

나는 귀가 솔깃했다.

"한 부모 가정에 늦둥이 여동생이 있는데, 글쎄 더 충격적인 건⋯⋯."

담임이 뭔가 결정적인 말을 하려는 순간, 뒤에서 노크 소리가 들렸다. 뒤돌아보니 수학 선생님이 인쇄물을 한 아름 안고 있었다. 선생님은 무덤덤하게 비키라는 말만 했다. 한

걸음 뒤로 물러나자 수학 선생님이 지나가며 물었다.

"몇 반?"

"7반⋯⋯."

"박 샘, 학생 왔습니다."

그러자 담임이 화들짝 놀라더니 시침을 뚝 떼고 다가왔다. 순간 나도 모르게 코가 간질간질하더니 재채기가 나왔다.

"비염이에요."

나는 변명하듯 말했다.

담임은 눈살을 찌푸리며 진료 확인서가 든 봉투를 귀퉁이만 잡아 가져갔다. 그러고는 그만 가 보라며 팔을 휘휘 저었다. 마침 쉬는 시간 종소리가 울렸다.

교실에 올라가니 손민폐 자리는 비어 있었다. 뜻하지 않게 손민폐의 비밀을 알아 버렸다. 아까 담임이 하던 말이 조각조각 떠올랐다. 좋지 않은 집안 사정, 한 부모 가정, 늦둥이 여동생⋯⋯. '글쎄 더 충격적인 건' 다음에 이어질 말은 무엇이었을까?

나는 내 자리에 털썩 앉아 주위를 빙 둘러보았다. 아이들은 하얗거나 까만 마스크를 낀 채 엎드리거나 멍하니 앉아 있었다. 약 기운 탓인지 약간 몽롱한 기분이 들었다.

"야, 발열 체크 내가 했어."

반장이 자리에 앉은 채 퉁명스러운 말투로 생색을 냈다.

뭐 어쩌라고? 그때 갑자기 또 재채기가 나왔다. 나는 코를 훌쩍였다. 반장은 급히 마스크를 고쳐 쓰며 고개를 돌리고 는 코를 박고 문제집을 풀었다.

벌써부터 기말고사를 준비하는 아이들이 많았다. 학교에 서 우선순위는 무엇보다 공부와 시험이었다. 코로나조차 평 가 자체를 없애지는 못했다. '어른들이 가장 중요한 게 무엇 인지 깨달으려면 얼마나 강력한 전염병이 퍼져야 할까?' 하 는 생각에 한숨이 나왔다. 그렇다고 전염병이 창궐하기를 바라는 건 결코 아니지만.

4교시 시작되기 직전에 손민폐가 교실로 들어왔다. 손민 폐는 자리에 앉자마자 가방을 베개 삼아 엎드리더니, 정해 진 수순처럼 코를 골았다. 그 모습을 보니 밤새 게임을 해서 인지, 아니면 새벽까지 알바를 해서인지 헷갈렸다. 그리고 마음이 안 좋았다. 국어 선생님이 수업 시간에도 일어날 생 각이 없어 보인다며 지적했지만, 손민폐는 끝까지 일어나지 않았다. 오히려 잠결에 자세를 살짝 바꾸면서 북 하고 방귀 를 터뜨렸다.

"가지가지 한다."

선생님은 한심하다는 듯 고개를 절레절레 흔들며 수업을 이어 갔다. 썩은 내가 교실에 진동했다.

점심시간이 되었다. 우리 반은 급식 순번이 맨 뒤로 밀려

나 있었다. 나는 한 명씩 발열 체크를 하면서 체온을 기록했다. 마지막으로 손민폐 차례였다. 체온계를 이마 가까이에 대고 버튼을 눌렀다. 삑 소리와 함께 체온이 측정됐다. 37.4도였다. 37.5도가 넘으면 보건실에 가서 다시 측정하고, 그래도 체온이 떨어지지 않으면 선별 검사를 받는 게 일반적인 절차였다.

나는 고개를 갸웃대며 체온계로 손민폐의 앞머리를 들추고 다시 버튼을 눌렀다. 삑 소리가 나자 손민폐가 눈을 번쩍 떴다.

"급, 급식 시간이야."

내가 당황해하며 말하자 손민폐는 다시 엎드렸다. 체온계를 보니 이번에는 무려 37.9도였다. 심상치 않았다.

"야, 너 체온 되게 높아."

손민폐는 묵묵부답에 미동도 하지 않았다.

"얼른 보건실 가 보라고."

그 말에 아이들이 웅성대기 시작했다. 마스크를 턱에 걸치고 있던 아이들은 급히 마스크를 올렸다. 누군가 급히 창문을 열었고, 몇몇은 헐레벌떡 복도로 나갔다. 손민폐는 똥파리를 쫓듯 나를 향해 손을 내저었다.

"야, 너 혼자 감염되는 건 상관없는데, 다른 애들한테 민폐 끼치지 말라고!"

나도 모르게 목에 핏대를 세워 소리쳤다. 교실에 남아 있던 아이들은 쥐 죽은 듯 조용했다. 나 스스로도 놀라웠다. 심장이 툭 튀어나올 듯 벌렁거렸다.

손민폐는 개미 똥만큼은 양심이 있는지, 초점 없는 눈빛으로 느릿느릿 복도로 나갔다.

"아, 저 찐따는 꼭 솔선수범해서 욕을 처먹는다니까."

반장이 경멸 어린 눈빛으로 손민폐의 뒤통수를 노려보며 말했다. 그러고는 교탁 위에 놓인 손 소독제를 손바닥에 짜서 신경질적으로 비볐다.

오후 내내 교실은 조용했다. 손민폐는 조퇴한 모양이었다. 수업을 마치는 종이 울리자 전자 기기 관리 도우미가 교무실로 가서 휴대폰 가방을 가져온 뒤, 담임 말을 대신 전달했다.

"그냥 가래. 감염병 예방 도우미는 소독약 뿌려서 손민혁 자리를 깨끗이 닦고, 주번은 문단속 잘하고."

아이들은 썰물 빠지듯 순식간에 교실을 벗어났다. 나는 손민폐 책상과 의자에 소독약을 칙칙 뿌려 무성의하게 닦았다. 문득 칠판 위에 몇 년째 방치된 듯한 급훈이 눈에 들어왔다. '같이'의 가치. 코웃음이 나왔다. 이런 기분으로 중간고사 뒤에 예정되어 있는 수련회는 어떻게 가나 싶었다. 가시밭길을 채 지나지 않았는데 다음 코스는 진흙길이라는 정보를 입수한 기분이었다.

그날 밤 장어구이집에서 손민폐의 모습은 보이지 않았다. 출출해서 라면을 끓여 먹고, 휴대폰을 들여다보고, 침대에 누워 천장을 바라보는 내내 손민폐 생각이 났다.

이튿날, 3교시 수업 중에 갑자기 담임이 교실에 들어왔다. 곧이어 방송으로 교감 선생님이 긴급 상황을 전했다. 지진 대피나 화재 예방 훈련 때처럼 긴장감이 돌지는 않았다.

"1학년에서 확진자가 발생했습니다. 지금 역학 조사가 진행되고 있습니다. 백신 접종 여부를 떠나 코로나 의심 증상이 있는 학생은 지금 즉시 조퇴 후 선별 검사를 받길 바랍니다."

교실이 수런거렸다. 대부분 흥미롭게 상황을 지켜보는 눈빛이었고, 몇몇 아이들은 가방을 챙겼다.

"의심 증상 있는 거 확실해?"

담임이 미심쩍다는 투로 묻자 아이들은 두통과 몸살을 호소하거나 갑자기 기침을 시작했다. 어떤 아이는 낮은 목소리로 "개꿀." 하면서 복도로 나갔다.

코로나는 세상 곳곳으로 잠입해 들어와 예기치 못한 순간에 사악한 이빨을 드러냈다. 추가 확진자 두 명은 우리 반에서 나왔고, 다른 반과 다른 학년에서도 무증상 확진자가 한 명씩 나왔다. 그런데 크게 심각하지 않다는 듯 느릿느릿

하고 미숙하게 대처한 탓에 학교는 결국 지역 주민들의 도마 위에 올랐다. 맘카페에서는 뜬소문이 마구 떠돌았다. 폐기 처분이 되기 직전이던 단톡방은 활활 타올랐다.

> 그 개진상 알바한다는 소문이 있던데? 백퍼 유흥 주점.

> 으, 더러워.

> 어제 뉴스에 유흥 주점에서 확진자가 속출했다고 나옴.

> 사회에 암적인 존재!

> 저런 놈은 뭐 하러 학교 다니냐? 자퇴가 답!

손민폐, 아니 손민혁이 없는 단톡방에서 아이들은 아무렇게나 지껄여 댔다. 손민혁의 사정을 조금은 알고 있던 나는 손민혁이 도마 위의 생선이 되는 상황이 불편했다. 사실 얼마 전까지만 해도 나 역시 한통속이었는데 말이다. 양심의 가책을 느낀 나는 단톡방에 메시지를 던졌다.

> 유흥 주점이라니? 그건 완전 헛소문이야.

손민혁은 누구보다
치열하게 살고 있어.

　그러고는 미련 없이 단톡방을 빠져나왔다. 다들 어안이
벙벙하겠지. 나를 씹어 대다가 나중에는 손민혁과 나를 싸
잡아 욕할지도 모른다. 말도 안 되는 헛소문을 지어낼지도
모르고. 맘대로 하라지. 나는 그저 내 마음이 시키는 대로
했고 후회는 없었다. 그건 그렇고, 단톡방을 빠져나오기가
이렇게 간단하다니. 약간 허탈한 기분마저 들었다.

　다행히 우리 학교에서는 코로나 확진자가 더 늘어나지
않았다. 나는 딱히 할 일이 없어 공부에 열을 올렸다. 학교
에서 시간은 답답하게 흘러갔고, 아이들은 스트레스 풀 만
한 장소를 물색했다. 그러다 담임의 경고를 무시하고 피시
방이나 노래방에서 해방감을 만끽했다.
　어쩌면 코로나가 처음 등장했을 때부터 '위드 코로나' 중
이지 않았을까 하는 생각이 들었다. 갑자기 길고 지루한 동
면에서 깨어난 곰처럼 몸이 근질근질했다. 1박 2일 수련회
도 견딜 수 있을 것만 같았다.
　위드 코로나가 시작된 뒤로 교육부는 교육 정상화를 내
걸면서 각종 체험 학습을 부활시켰다. 나는 그리 달갑지 않

았다. 공동체 의식이나 진취적인 기상, 조화로운 심성 따위를 갖게 해 준다는 체험 학습의 취지에 동의하지 않았기 때문이다. 억지로 참여하긴 했지만 좋은 기억은 없었다. 낯선 장소에서 잠을 못 자는 것도 큰 이유 중 하나였다. 수련회 참가는 나에게 시험 치는 것보다 몇 배 더 힘든 일이었다. 하지만 빠질 명분이 딱히 없어서 번번이 울며 겨자 먹기로 갔다. 이번은 다르지 않을까, 친구들과 가까워지지 않을까 하는 희미한 희망의 끈을 놓지 않았던 건지도 모른다.

나와는 달리 아이들은 얼마 만의 체험 학습이냐며 대체로 반기는 분위기였다. 우리 반 스물다섯 명 가운데 세 명을 제외한 나머지는 참가하겠다고 했다. 불참자 세 명 중에는 손민혁이 끼어 있었다. 장염 때문이라고 했지만 나는 진짜 이유가 따로 있지 않을까 짐작했다.

다음 날 이른 아침에 학교로 가니 마스크를 쓴 아이들이 발열 체크를 한 뒤 버스에 올라타고 있었다. 안전 교육과 방역 수칙 준수에 관한 안내가 있었지만 귀담아듣는 아이들은 별로 없었다. 대부분 귀에 블루투스 이어폰을 꽂고 휴대폰에 시선을 고정하고 있었다. 그러다가 어느 순간 대부분 곯아떨어졌다.

해양수련원으로 가는 동안 유행이 한참 지난 노래가 버스 안을 가득 채웠다. 반쯤 잠들었다 어렴풋이 눈을 떴을 때

창밖으로 바다가 내다보였다. 탁 트인 바다에 어선 몇 척이 떠 있었고 갈매기들이 유유히 날았다. 평화로운 풍경에 매료되어 나도 모르게 기분 좋은 한숨이 나왔다.

두 시간여 만에 목적지에 도착했다. 다시 발열 체크를 한 뒤 숙소에 들어갔다. 번호순으로 짠 조별로 방이 배정되었다. 우리 조는 반장과 평소에 조용하던 아이들 두 명, 더 조용한 아이 한 명 그리고 나였다.

짐을 풀고 난 뒤, 오전에 예정된 체험 활동을 시작했다. 우리는 해변으로 가서 요가, 올림픽, 트래킹 등의 프로그램에 참여했다. 점심을 먹고 나서는 지진, 교통, 약물에 관련된 안전 교육을 받고, 외줄 하강과 암벽 등반 활동도 했다. 마음 졸이는 거라면 질색하는 나는 핑계를 대고 빠지고 싶었지만 억지로 할 수밖에 없었다. 그런데 막상 해 보니 낯설고도 짜릿한 쾌감이 일었다.

저녁을 먹고 얼마 뒤, 레크리에이션 시간이었다. 상품이 어마어마한 장기 자랑이 시작되었다. 장기 자랑에 나갈 반 대표를 뽑느라 강당은 금세 왁자지껄해졌다. 예상대로 우리 반은 조용했다. 누가 먼저 나서 주기를 바랐지만 다들 침묵을 고수했다. 1반에서 10반 가운데 아홉 개 반의 대표가 무대에 나간 상태였다.

"여기 와서까지 기대를 저버리지 않는 대단한 우리 반."

담임이 고개를 절레절레 흔들며 지나쳤다.

"7반은 기권인가요? 자, 카운트하겠습니다. 10, 9, 8, 7, 6, 5…….."

이벤트 사회자의 말에 아이들이 웅성거렸다. 숫자 '5'부터는 전교생이 다 같이 외쳤다. 마지막 '제로'가 나오기 직전, 반장이 벌떡 일어났다. 그러고는 우거지상을 한 채 무대를 향해 걸어 나갔다. 반 아이들은 얼떨결에 "우!" 하면서 손뼉을 쳤다. 그게 응원인지 야유인지는 구분이 되지 않았다. 나는 좀 혼란스러웠고, 충격까지 받았다. 반장은 절대 반을 위해 자신을 희생할 아이가 아니었다. 순간 손민혁을 내 마음대로 재단했던 일이 떠올라 머리를 흔들었다.

현란한 사이키 조명과 빠른 비트 속에서 반 대표들의 춤 대결이 시작되었다. 반장은 족보도 계보도 없는 막춤을 미친 듯이 추었다. 제정신인가 싶을 정도로 무아지경이었다. 손으로 온몸을 훑어 내리고 골반을 흔드는 춤을 추자 아이들은 "더러워!"라고 외치면서도 즐거운 비명을 질러 댔다. 강당은 그야말로 흥분의 도가니였다. 오히려 가만히 앉아 있는 내가 민망해서 얼굴에 열이 올랐다.

잠시 뒤에 반장이 갑자기 동작을 멈추더니, 주저앉아 숨을 헉헉댔다. 그것마저 쇼의 일부라고 생각한 아이들은 양팔을 휘저으며 괴성을 질렀다. 반장의 동작이 심상치 않다는 걸 뒤늦게 알아차린 담임이 귀청이 찢어져라 울리던 음악을 정지시켰다. 후끈후끈 뜨겁던 강당은 순식간에 얼음물이라도 끼얹은 듯 냉랭해졌다. 반장은 의무실로 옮겨졌고 응급 처치를 받았다.

레크리에이션이 끝나고 모두 방으로 들어가 자유 시간을 가졌다. 우리 조는 각자 휴대폰을 보며 조용히 시간을 보냈다. 무대를 찢어 버린 반장은 영광의 상처를 입어 어깨 탈골 보호대를 달고 돌아왔다. 그러고는 의기양양해진 태도로 이런저런 지시를 했고, 아이들은 토를 달지 않고 일사불란하게 움직였다. 정확히 밤 10시 정각에 소등하고 취침하라는 방송이 나오자마자 반장은 그 지시에 따랐다. 몇몇 아이는 별 불만 없이 세면과 양치질을 마무리했고, 몇몇은 어둠 속에서 휴대폰을 들여다봤다.

"어두운 데서 스마트폰을 보면 우리 눈은 스마트폰에서 나오는 청색광을 받아들이려고 동공을 확장해. 그래서 더 많은 빛을 받아들이면 망막에서 유독성 활성 산소가 생성돼. 그러면 결국 망막을 마모시켜서 시력을 잃게 만든다고. 알아들어?"

반장은 입만 살아서 일장 연설을 늘어놓았다. 아이들 사이에 구시렁대는 소리가 들리는 듯하더니 이내 잠잠해지고 휴대폰 액정이 모두 꺼졌다. 반장은 자신이 얼마나 재수 없는지 알까? 순간, 나를 보는 반장의 느낌도 크게 다르지 않으리라는 생각에 피식 웃음이 나왔다.

어둠이 눈에 익자 모로 누운 반장의 실루엣이 보였다. 반장은 나 못지않게 홀로 지내는 생활에 익숙해 보이는 아이였다. 문득 반장의 탈골된 어깨가 단단하고 멋져 보였다.

멀리서 파도치는 소리가 들렸다. 바닷바람이 창문을 때렸다. 자다 깨다를 반복하다 보니 어느새 희붐하게 날이 밝아 왔다.

이튿날 아침에는 비바람이 불어 실내 활동을 했다. 붕대법과 매듭법을 배웠고, 페이퍼 플라워와 앙금 플라워를 만들었고, 도미노와 댄스 챌린지 게임을 했다. 우리는 점심을 먹은 뒤에 숙소를 정리하고 발열 체크까지 마친 다음 돌아오는 버스에 올랐다.

아이들은 휴대폰에서 눈을 떼지 못했다. 나는 다시 창밖을 내다보았다. 그새 비가 그쳐 잠잠해진 바다에 떠 있는 부표가 눈에 들어왔다. 바닷길을 안내하거나 위험 지역을 표시한다는 부표가 어떤 상징처럼 느껴졌다. 내 삶의 부표는 무엇일까? 누군가가 떠오르다 사라지고 또 다른 누군가가 떠올랐다. 고민이 많아졌다.

갑자기 폭소를 터뜨리는 소리에 정신이 번쩍 들었다. 담임이 단톡방에 올린 사진과 동영상 때문이었다. 담임은 휴대폰으로 우리 반이 활동하는 재밌는 모습들을 놓치지 않고 찍어 단톡방에 올렸다. 아이들은 하나하나 보면서 낄낄대며 이야기하느라 시간 가는 줄을 몰랐다. 최고 인기는 단연 반장의 영상이었다. 아마 반장과 평생을 동고동락하겠지. 아이들은 모처럼 단톡방에서 온갖 말과 이모티콘을 쏟아 냈고, 담임은 그 모습을 웃으며 지켜보았다.

이로써 1박 2일 수련회는 대단원의 막을 내렸다. 수련회의 끝이 이렇게 즐거울 수도 있다는 사실에 얼떨떨한 기분이었다. 일단 학교를 벗어난 것 자체가 만족스러웠지만, 그보다 반장과 담임의 새로운 면모를 본 것이 뜻밖의 수확이었다.

"야, 반장!"

나도 모르게 앞에서 혼자 걸어가는 반장을 불렀다. 반장이 멀뚱하게 뒤를 돌아보았다.

"너, 반장에 진심이구나? 그게 뭐라고."

나는 언젠가 반장이 나한테 던진 말을 그대로 돌려주었다. 똑같은 말이지만 가벼운 농담으로 받아들이기를 바라면서.

"어제 좀 멋있더라."

나는 혹시 반장이 오해할까 봐 한마디를 더 보탰다. 마음속에서 우러나온 말이었다. 반장은 시큰둥하게 어깨를 으쓱하고는 가던 길을 갔다. 끝까지 재수 없네. 나는 혼잣말을 흘리며 발걸음을 옮겼다. 언뜻 가게 유리창에 비친 내 눈은 웃고 있었다.

집에 가자마자 짐을 정리하고 샤워를 했다. 상쾌한 기분으로 저녁을 먹고 학원에 갔다. 학원 선생님이 우리랑 만난 지 100일 된 기념이라며 초콜릿, 사탕, 비스킷을 담아 포장한 간식거리를 주었다. 뜻밖의 선물을 받아서인지 생각보다 수업은 덜 지루했다.

> 열공했더니 완전 배고프다.

집으로 가는 길에 엄마에게 메시지를 보내고는 장어구이 집을 힐끔거렸다. 확진자 격리 해제가 끝난 손민혁은 능수능란한 손놀림으로 장어를 굽고 있었다. 나는 그 모습을 한참 바라보았다. 그리고 처음으로 손민혁이라는 사람이 궁금해졌다.

뭔가 통한 걸까? 갑자기 손민혁이 가게 문을 열고 나왔다. 나는 주춤 물러나 자동차 뒤로 숨었다. 손민혁은 마스크를 내리더니 휴대폰으로 통화를 했다. 그리고 나서 얼마 뒤, 아빠 손을 잡고 오던 여자아이가 손민혁에게 달려가 안겼다. 손민혁이 활짝 웃었다. 웃는 얼굴이 보기 좋았다. 한때 눈썹과 눈빛만 보고 나쁜 인상을 받았는데, 마스크 속에 저런 표정을 숨기고 있었다니.

여자아이가 다시 아빠 손을 잡고 손민혁에게 손을 흔들며 멀어져 갔다. 손민혁도 손을 흔들었다. 그러고는 가게 옆 후미진 곳으로 들어가 주머니에서 담배를 꺼내 자연스럽게 입에 물었다.

나는 슬쩍 손민혁에게 다가가 학원에서 받은 선물을 내밀었다. 유나 말이 씨가 되어 미운 정이라도 든 걸까. 예상치 못한 전개였다. 손민혁이 당황스러운 표정으로 나를 바라보았다.

"김한결?"

손민혁이 내 이름을 알고 있다니, 놀랍고 뭉클하기까지 했다. 나는 손민혁의 부리부리한 눈을 가만히 들여다보았다. 많은 이야기를 담고 있는 눈이었다.

"뭐냐?"

"어? 아, 담배 대신 이거 먹으라고."

손민혁은 담배를 주머니에 넣고 얼떨결에 선물을 받았다. 어느새 아까 그 여자아이가 다가와 서 있었다. 아이는 손민혁에게 "아빠가 주래." 하며 카드를 내밀고는 고개를 갸웃 댔다.

"오빠 친구야?"

"어? 응…….."

손민혁이 어색해하며 대답했다.

"그건 뭐야? 어! 과자다."

그러자 손민혁이 아이에게 과자 봉지를 내밀었다.

"개이득."

아이의 말에 손민혁이 "나쁜 말."이라며 눈을 부라렸다. 여자아이는 과자를 빼앗다시피 하고는 까르르 웃으며 줄행랑을 놓았다. 그러면서 아빠를 향해 외쳤다.

"와, 신기하다. 아빠! 오빠한테 친구가 있대."

저 멀리서 손민혁 아빠가 이쪽을 지켜보고 있었다. 나는 고개를 꾸벅 숙였다. 그러고는 뒤돌아서서 손민혁에게 손을 흔들고 집으로 향했다. '뭐지?' 하는 표정으로 내 뒷모습을 바라보고 있을 손민혁이 눈에 선했다. 괜히 뒤통수가 간지러웠지만 발걸음은 가벼웠다. 밤바람이 옷깃을 부드럽게 파고들었다.

나는 여전히 관계 맺기에 서투르다. 서툴러서 헤맸고, 헤매서 혼란스러웠다. 게다가 뜻대로 되지 않는 원인을 자꾸만 다른 데서 찾으려고 했다. 그건 손민혁도 반장도 크게 다르지 않을 것 같았다.

생각해 보면 사는 건 언제나 만만치 않고, 뭐든 억지로 되는 일은 없다. 그러니 학교에 친구 한 명 없다고 괜히 스트레스를 받으면서 지금 이 순간을 괴롭게 보내고 싶지 않다. 그냥 살다 보면 얻어걸리는 행운도 분명히 찾아올 테니까. 어느 날부터인가 내 곁에 유나가 있는 것처럼. 그게 100퍼센트 우연이나 운이라고는 생각하지 않는다. 나도 모르게 관계에 녹여 낸 노력도 있을 테니까.

오랜만에 가슴이 설렜다. 가슴속에 들어온 바람이 오랫동안 굳어 있던 마음을 쏘삭거리는 기분이었다. 어쩌면 내 인생의 변곡점을 지나는 중일지도 모른다.

나는 유나에게 메시지를 보냈다.

수련회 끝!

주말에 뭐 해?
늦잠? 설마 공부?

유나

당치 않음!!!

바로 답 메시지가 왔다.

하천 길 라이딩 콜?

유나

웬일? 김밥, 컵라면,
뜨거운 물은 내가 챙긴다!

👍

시간이 흐르고 또 흐르면 코로나가 할퀸 상처에 딱지가 앉고, 언젠가는 그 딱지도 떨어질 것이다. 그 자리에 어느 정도 흉터가 남겠지만, 긴 터널을 뚫고 지나온 모든 이의 수고를 기억하며 살아가겠지.

그때쯤 내 곁에는 누가 있을까? with 유나, 설마 with 손민혁? 아니면 with 반장? 'with'라는 단어는 나와 거리가 먼, 하지만 늘 선망하던 표현이었다. 그 단어가 나에게 한 발짝 가까이 다가선 느낌이 들었다.

앞으로 다가올 세상이 예측하기 어렵고 명료하지 않아도 괜찮다. 사실 나에게 세상이 그랬던 적도 없으니까. 그냥 이름처럼 '한결'같이 뚜벅뚜벅 걸어가 봐야겠다는 생각이 들었다. 코로나와 함께 또는 코로나를 넘어서. 구구절절 변명하지 않고, 누구에게 휘둘리지 않고. 겁먹지 않고 호기롭게. 예상치 못하게 아픔이 찾아오더라도 쓰러져 좌절하기보다는 묵묵히 이겨 내면서.

멀리서 구급차 사이렌이 들려왔다. 괜히 불안해진 나는 눈을 돌려 하늘을 바라보았다. 밤하늘에 뜬 반달이 유독 눈부시게 환하고 예뻤다.

나는 휴대폰으로 반달을 찍었다. 제법 선명하게 나온 사진이 마음에 들었다.

휴대폰을 만지작거리다 잠자고 있던 SNS에 들어갔다. 그리고 처음으로 게시물을 올렸다. 누군가에게는 일상이지만 나에게는 용기가 필요한 일이었다. 한참 피드를 들여다보다가 수정을 누르고 해시태그를 달았다.

#반달 #비욘드코로나 #한결같이

언제쯤 "아, 그때 그런 시절이 있었지." 가볍게 웃으며 농담을 나눌 수 있을까? 이제 누구에게나 삶은 코로나 이전과 이후로 구별될지 모르겠다. 코로나로 삶의 풍경은 사뭇 바뀌었고, 학교라는 공간과 연결된 사람들도 예외는 아니다. 개학과 수능 연기라는 사상 초유의 사태, 갑작스러운 원격 수업의 도입, 건강 상태 자가 진단 체크, 마스크 착용과 거리 두기가 초래한 소통의 부재, 끝임없이 반복 재생되는 내면의 불안…….

햇수로 만 2년을 넘기고도 코로나바이러스는 여전히 맹위를 떨치고 있다. 적당히 무뎌지고 익숙해진 아이들은 코로나 속에서 코로나와 함께 다양한 활동을 하며 푸르고 귀한 시간을 보낸다. 그 모습을 보며 슬픔과 기쁨을 동시에 느낀다.

언젠가 무심코 복도를 걸어가다가 혼자인 아이의 허전한 뒷모습이 눈에 들어왔다. 그 아이는 두렵도록 지난한 시간을 어떻게 버텨 내고 있을까, 하는 생각에 가슴이 저릿했다. 그리고 내내 눈에 밟혔다.

사실 코로나에 관한 이야기를 쓰기가 적잖이 주저되었다. 살아 내기도 버거운 판국에 글까지 써야 하나 싶은 피로감 때문이었다. 한편 그동안 당연하게 누렸던 일상이 얼마나 소중한지 아이들이 알기를 바랐고, 살풍경했던 학교의 모습을 기록으로 남겨 두고 싶은 마음도 있었다. 그러다가 문득, 가슴에 오래 머물렀던 그 아이가 걸어 나왔다. 외롭고 아프지만 나름 고군분투하면서 안팎으로 단단해지는 아이의 삶이, 혹독하고 혼란한 시절을 함께 겪어 온 이들에게 작은 위안이 되길 바란다.

　올봄 아니면 이듬해 봄에는 벚꽃 아래서 마스크를 벗고 화사하게 웃으며 아이들과 단체 사진을 찍을 수 있겠지?

격리된 아이, 그 후

초판 1쇄 펴낸날   2022년 4월 4일
초판 2쇄 펴낸날   2022년 4월 15일

지은이   윤혜숙 정명섭 정연철
펴낸이   홍지연

편집   고영완 정아름 김선현 전희선 조어진
디자인   전나리 박태연 박해연
마케팅   강점원 최은 이희연
경영지원   정상희

펴낸곳   (주)우리학교
출판등록   제313-2009-26호(2009년 1월 5일)
주소   03992 서울시 마포구 동교로23길 32 2층
전화   02-6012-6094
팩스   02-6012-6092
홈페이지   www.woorischool.co.kr
이메일   woorischool@naver.com

ⓒ윤혜숙·정명섭·정연철, 2022
ISBN 979-11-6755-050-7 43810

• 책값은 뒤표지에 적혀 있습니다.
• 잘못된 책은 구입한 곳에서 바꾸어 드립니다.

만든 사람들
편집   김선현
교정   김미경
디자인   박태연